Marcel Proust

La fin
de la jalousie

et autres nouvelles

ÉDITION DE THIERRY LAGET

Gallimard

Ces nouvelles sont extraites du recueil *Les Plaisirs et les Jours*, suivi de *L'Indifférent* et autres textes (Folio Classique n° 2538).

Marcel Proust naît le 10 juillet 1871 à Paris dans une famille intellectuelle et bourgeoise. De santé fragile, il est un lecteur précoce et, au lycée Condorcet, un élève brillant. La fin de ses études secondaires, en 1889, s'accompagne du début de sa vie mondaine : étudiant en lettres, droit et sciences politiques, il fréquente les salons du faubourg Saint-Germain. Fondateur du *Banquet*, il écrit pour diverses autres revues chroniques, poèmes et textes brefs, qui constitueront, en 1896, le recueil intitulé *Les Plaisirs et les Jours*. À partir de 1899, délaissant la rédaction de son premier roman, *Jean Santeuil*, engagée quelques années plus tôt, il traduit et préface l'œuvre de John Ruskin et compose notamment, rédacteur pour *Le Figaro*, nombre de pastiches (qui seront repris dans *Pastiches et mélanges*, en 1919). La mort de sa mère, avec laquelle il entretenait une relation fusionnelle, en 1905, le marque profondément. De santé toujours fragile, il s'isole. *Du côté de chez Swann*, premier volume d'*À la recherche du temps perdu*, paraît en 1913. Pendant la guerre, réformé, il consacre la grande majorité de son temps à l'écriture. En 1919, il reçoit le prix Goncourt pour *À l'ombre des jeunes filles en fleurs*. Souffrant d'une pneumonie, l'écrivain meurt trois ans plus tard, le 18 novembre 1922. Les tomes suivants de la *Recherche* sont parus entre 1920 et 1927.

Violante ou la mondanité

« Ayez peu de commerce avec les jeunes gens et les personnes du monde... Ne désirez point de paraître devant les grands. »

Imitation de Jésus-Christ
LIVRE I, CH. VIII

I

ENFANCE MÉDITATIVE
DE VIOLANTE

La vicomtesse de Styrie était généreuse et tendre et toute pénétrée d'une grâce qui charmait. L'esprit du vicomte son mari était extrêmement vif, et les traits de sa figure d'une régularité admirable. Mais le premier grenadier venu était plus sensible et moins vulgaire. Ils élevèrent loin du monde, dans le rustique domaine de Styrie, leur fille Violante, qui, belle et vive comme son père, charitable et mystérieusement séduisante autant que sa mère, semblait unir les qualités de ses parents dans une proportion parfaitement harmonieuse. Mais les aspirations changeantes de son cœur et de sa pensée ne rencontraient pas en elle une volonté qui, sans les limiter, les dirigeât, l'empêchât de devenir leur jouet charmant et fragile. Ce manque de volonté inspirait à la mère de Violante des inquiétudes qui eussent pu, avec le temps, être fécondes, si dans un accident de chasse, la vicomtesse n'avait péri violemment avec son mari, laissant Violante orpheline à l'âge de quinze ans. Vivant presque seule, sous la garde vigilante mais maladroite du vieil Augustin, son précepteur et l'intendant du château de Styrie, Violante, à défaut d'amis, se fit de ses rêves des compagnons charmants et à qui elle promettait alors de rester fidèle toute sa vie. Elle les promenait dans les allées du parc, par la campagne, les accoudait à la terrasse qui, fermant le domaine de Styrie, regarde la mer. Élevée par eux comme au-dessus d'elle-même, initiée par eux, Violante sentait tout le visible et pressentait un peu de l'invisible. Sa joie était infinie, interrompue de tristesses qui passaient encore la joie en douceur.

II

SENSUALITÉ

> « Ne vous appuyez point sur un ro-
> seau qu'agite le vent et n'y mettez pas
> votre confiance, car toute chair est
> comme l'herbe et sa gloire passe
> comme la fleur des champs. »

Imitation de Jésus-Christ

Sauf Augustin et quelques enfants du pays, Violante ne voyait personne. Seule une sœur puînée de sa mère, qui habitait Julianges, château situé à quelques heures de distance, visitait quelquefois Violante. Un jour qu'elle allait ainsi voir sa nièce, un de ses amis l'accompagna. Il s'appelait Honoré et avait seize ans. Il ne plut pas à Violante, mais revint. En se promenant dans une allée du parc, il lui apprit des choses fort inconvenantes dont elle ne se doutait pas. Elle en éprouva un plaisir très doux, mais dont elle eut honte aussitôt. Puis, comme le soleil s'était couché et qu'ils avaient marché longtemps, ils s'assirent sur un banc, sans doute pour regarder les reflets dont le ciel rose adoucissait la mer.

Honoré se rapprocha de Violante pour qu'elle n'eût froid, agrafa sa fourrure sur son cou avec une ingénieuse lenteur et lui proposa d'essayer de mettre en pratique avec son aide les théories qu'il venait de lui enseigner dans le parc. Il voulut lui parler tout bas, approcha ses lèvres de l'oreille de Violante qui ne la retira pas ; mais ils entendirent du bruit dans la feuillée. « Ce n'est rien, dit tendrement Honoré. — C'est ma tante », dit Violante. C'était le vent. Mais Violante qui s'était levée, rafraîchie fort à propos par ce vent, ne voulut point se rasseoir et prit congé d'Honoré, malgré ses prières. Elle eut des remords, une crise de nerfs, et deux jours de suite fut très longue à s'endormir. Son souvenir lui était un oreiller brûlant qu'elle retournait sans cesse. Le surlendemain, Honoré demanda à la voir. Elle fit répondre qu'elle était partie en promenade. Honoré n'en crut rien et n'osa plus revenir. L'été suivant, elle repensa à Honoré avec tendresse, avec chagrin aussi, parce qu'elle le savait parti sur un navire comme matelot. Quand le soleil s'était couché dans la mer, assise sur le banc où il l'avait, il y a un an, conduite, elle s'efforçait à se rappeler les lèvres tendues d'Honoré, ses yeux verts à demi fermés, ses regards voyageurs comme des rayons et qui venaient poser sur elle un peu de chaude lumière vivante. Et par les nuits douces, par les nuits vastes et secrètes, quand la certitude que personne ne pouvait la voir exaltait son désir, elle entendait la voix d'Honoré lui dire à l'oreille les choses défendues. Elle l'évoquait tout entier, obsédant et offert comme une tentation. Un soir à dîner, elle regarda en soupirant l'intendant qui était assis en face d'elle.

« Je suis bien triste, mon Augustin, dit Violante. Personne ne m'aime, dit-elle encore.

— Pourtant, repartit Augustin, quand, il y a huit jours, j'étais allé à Julianges ranger la bibliothèque, j'ai entendu dire de vous : "Qu'elle est belle !"

— Par qui ? » dit tristement Violante.

Un faible sourire relevait à peine et bien mollement un coin de sa bouche comme on essaye de relever un rideau pour laisser entrer la gaieté du jour.

« Par ce jeune homme de l'an dernier, M. Honoré...

— Je le croyais sur mer, dit Violante.

— Il est revenu », dit Augustin.

Violante se leva aussitôt, alla presque chancelante jusqu'à sa chambre écrire à Honoré qu'il vînt la voir. En prenant la plume, elle eut un sentiment de bonheur, de puissance encore inconnu, le sentiment qu'elle arrangeait un peu sa vie selon son caprice et pour sa volupté, qu'aux rouages de leurs deux destinées qui semblaient les emprisonner mécaniquement loin l'un de l'autre, elle pouvait tout de même donner un petit coup de pouce, qu'il apparaîtrait la nuit, sur la terrasse, autrement que dans la cruelle extase de son désir inassouvi, que ses tendresses inentendues — son perpétuel roman intérieur — et les choses avaient vraiment des avenues qui communiquaient et où elle allait s'élancer vers l'impossible qu'elle allait rendre viable en le créant. Le lendemain elle reçut la réponse d'Honoré, qu'elle alla lire en tremblant sur le banc où il l'avait embrassée.

« Mademoiselle,

« Je reçois votre lettre une heure avant le départ de mon navire. Nous n'avions relâché que pour huit jours, et je ne reviendrai que dans quatre ans. Daignez garder le souvenir de

« Votre respectueux et tendre

« HONORÉ. »

Alors, contemplant cette terrasse où il ne viendrait plus, où personne ne pourrait combler son désir, cette mer aussi qui l'enlevait à elle et lui donnait en échange, dans l'imagination de la jeune fille, un peu de son grand charme mystérieux et triste, charme des choses qui ne sont pas à nous, qui reflètent trop de cieux et baignent trop de rivages, Violante fondit en larmes.

« Mon pauvre Augustin, dit-elle le soir, il m'est arrivé un grand malheur. »

Le premier besoin des confidences naissait pour elle des premières déceptions de sa sensualité, aussi naturellement qu'il naît d'ordinaire des premières satisfactions de l'amour. Elle ne connaissait pas encore l'amour. Peu de temps après, elle en souffrit, qui est la seule manière dont on apprenne à le connaître.

III

PEINES D'AMOUR

Violante fut amoureuse, c'est-à-dire qu'un jeune Anglais qui s'appelait Laurence fut pendant plusieurs mois l'objet de ses pensées les plus insignifiantes, le but de ses plus importantes actions. Elle avait chassé une fois avec lui et ne comprenait pas pourquoi le désir de le revoir assujettissait sa pensée, la poussait sur les chemins à sa rencontre, éloignait d'elle le sommeil, détruisait son repos et son bonheur. Violante était éprise, elle fut dédaignée. Laurence aimait le monde, elle l'aima pour le suivre. Mais Laurence n'y avait pas de regards pour cette campagnarde de vingt ans. Elle tomba malade de chagrin et de jalousie, alla oublier Laurence aux Eaux de..., mais elle demeurait blessée dans son amour-propre de s'être vu préférer tant de femmes qui ne la valaient pas, et, décidée à conquérir, pour triompher d'elles, tous leurs avantages.

« Je te quitte, mon bon Augustin, dit-elle, pour aller près de la cour d'Autriche.

— Dieu nous en préserve, dit Augustin. Les pauvres du pays ne seront plus consolés par vos charités quand vous serez au milieu de tant de personnes méchantes. Vous ne jouerez plus avec nos enfants dans les bois. Qui tiendra l'orgue à l'église ? Nous ne vous verrons plus peindre dans la campagne, vous ne nous composerez plus de chansons.

— Ne t'inquiète pas, Augustin, dit Violante, garde-moi seulement beaux et fidèles mon château, mes paysans de Styrie. Le monde ne m'est qu'un moyen. Il donne des armes vulgaires, mais invincibles, et si quelque jour je veux être aimée, il me faut les posséder. Une curiosité m'y pousse aussi et comme un besoin de mener une vie un peu plus matérielle et moins réfléchie que celle-ci. C'est à la fois un repos et une école que je veux. Dès que ma situation sera faite et mes vacances finies, je quitterai le monde pour la campagne, nos bonnes gens simples et ce que je préfère à tout, mes chansons. À un moment précis et prochain, je m'arrêterai sur cette pente et je reviendrai dans notre Styrie, vivre auprès de toi, mon cher.

— Le pourrez-vous ? dit Augustin.

— On peut ce qu'on veut, dit Violante.

— Mais vous ne voudrez peut-être plus la même chose, dit Augustin.

— Pourquoi ? demanda Violante.

— Parce que vous aurez changé », dit Augustin.

IV

LA MONDANITÉ

Les personnes du monde sont si médio-cres, que Violante n'eut qu'à daigner se mêler à elles pour les éclipser presque toutes. Les seigneurs les plus inaccessibles, les artistes les plus sauvages allèrent au-devant d'elle et la courtisèrent. Elle seule avait de l'esprit, du goût, une démarche qui éveillait l'idée de toutes les perfections. Elle lança des comé-dies, des parfums et des robes. Les couturiè-res, les écrivains, les coiffeurs mendièrent sa protection. La plus célèbre modiste d'Autri-che lui demanda la permission de s'intituler sa faiseuse, le plus illustre prince d'Europe lui demanda la permission de s'intituler son amant. Elle crut devoir leur refuser à tous deux cette marque d'estime qui eût consacré définitivement leur élégance. Parmi les jeu-nes gens qui demandèrent à être reçus chez Violante, Laurence se fit remarquer par son insistance. Après lui avoir causé tant de cha-grin, il lui inspira par là quelque dégoût. Et sa bassesse l'éloigna d'elle plus que n'avaient fait tous ses mépris. « Je n'ai pas le droit de m'indigner, se disait-elle. Je ne l'avais pas aimé en considération de sa grandeur d'âme et je sentais très bien, sans oser me l'avouer, qu'il était vil. Cela ne m'empêchait pas de l'aimer, mais seulement d'aimer autant la grandeur d'âme. Je pensais qu'on pouvait être vil et tout à la fois aimable. Mais dès qu'on n'aime plus, on en revient à préférer les gens de cœur. Que cette passion pour ce méchant était étrange puisqu'elle était toute de tête, et n'avait pas l'excuse d'être égarée par les sens. L'amour platonique est peu de chose. » Nous verrons qu'elle put considérer un peu plus tard que l'amour sensuel était moins encore.

Augustin vint la voir, voulut la ramener en Styrie.

« Vous avez conquis une véritable royauté, lui dit-il. Cela ne vous suffit-il pas ? Que ne redevenez-vous la Violante d'autrefois.

— Je viens précisément de la conquérir, Augustin, repartit Violante, laisse-moi au moins l'exercer quelques mois. »

Un événement qu'Augustin n'avait pas prévu dispensa pour un temps Violante de songer à la retraite. Après avoir repoussé vingt altesses sérénissimes, autant de princes

souverains et un homme de génie qui de-
mandaient sa main, elle épousa le duc de Bohême qui avait des agréments extrêmes et
cinq millions de ducats. L'annonce du retour
d'Honoré faillit rompre le mariage à la veille
qu'il fût célébré. Mais un mal dont il était at-
teint le défigurait et rendit ses familiarités
odieuses à Violante. Elle pleura sur la vanité
de ses désirs qui volaient jadis si ardents vers
la chair alors en fleur et qui maintenant était
déjà pour jamais flétrie. La duchesse de Bohême continua de charmer comme avait fait
Violante de Styrie, et l'immense fortune du
duc ne servit qu'à donner un cadre digne
d'elle à l'objet d'art qu'elle était. D'objet d'art
elle devint objet de luxe par cette naturelle
inclinaison des choses d'ici-bas à descendre
au pire quand un noble effort ne maintient
pas leur centre de gravité comme au-dessus
d'elles-mêmes. Augustin s'étonnait de tout ce
qu'il apprenait d'elle. « Pourquoi la duchesse,
lui écrivait-il, parle-t-elle sans cesse de choses
que Violante méprisait tant ? »

« Parce que je plairais moins avec des pré-
occupations qui, par leur supériorité même,
sont antipathiques et incompréhensibles aux
personnes qui vivent dans le monde, répon-

dit Violante. Mais je m'ennuie, mon bon Augustin. »

Il vint la voir, lui expliqua pourquoi elle s'ennuyait :

« Votre goût pour la musique, pour la réflexion, pour la charité, pour la solitude, pour la campagne, ne s'exerce plus. Le succès vous occupe, le plaisir vous retient. Mais on ne trouve le bonheur qu'à faire ce qu'on aime avec les tendances profondes de son âme.

— Comment le sais-tu, toi qui n'as pas vécu ? dit Violante.

— J'ai pensé et c'est tout vivre, dit Augustin. Mais j'espère que bientôt vous serez prise du dégoût de cette vie insipide. »

Violante s'ennuya de plus en plus, elle n'était plus jamais gaie. Alors, l'immoralité du monde, qui jusque-là l'avait laissée indifférente, eut prise sur elle et la blessa cruellement, comme la dureté des saisons terrasse les corps que la maladie rend incapables de lutter. Un jour qu'elle se promenait seule dans une avenue presque déserte, d'une voiture qu'elle n'avait pas aperçue tout d'abord une femme descendit qui alla droit à elle. Elle l'aborda, et lui ayant demandé si elle était bien Violante de Bohême, elle lui raconta qu'elle avait été l'amie de sa mère et avait eu le désir de revoir la petite Violante qu'elle avait tenue sur ses genoux. Elle l'embrassa avec émotion, lui prit la taille et se mit à l'embrasser si souvent que Violante, sans lui dire adieu, se sauva à toutes jambes. Le lendemain soir, Violante se rendit à une fête donnée en l'honneur de la princesse de Misène, qu'elle ne connaissait pas. Elle reconnut dans la princesse la dame abominable de la veille. Et une douairière, que jusque-là Violante avait estimée, lui dit :

« Voulez-vous que je vous présente à la princesse de Misène ?

— Non ! dit Violante.

— Ne soyez pas timide, dit la douairière. Je suis sûre que vous lui plairez. Elle aime beaucoup les jolies femmes. »

Violante eut à partir de ce jour deux mortelles ennemies, la princesse de Misène et la douairière, qui la représentèrent partout comme un monstre d'orgueil et de perversité. Violante l'apprit, pleura sur elle-même et sur la méchanceté des femmes. Elle avait depuis longtemps pris son parti de celle des hommes. Bientôt elle dit chaque soir à son mari :

« Nous partirons après-demain pour ma Styrie et nous ne la quitterons plus. »

Puis il y avait une fête qui lui plairait peut-être plus que les autres, une robe plus jolie à montrer. Les besoins profonds d'imaginer, de créer, de vivre seule et par la pensée, et aussi de se dévouer, tout en la faisant souffrir de ce qu'ils n'étaient pas contentés, tout en l'empêchant de trouver dans le monde l'ombre même d'une joie s'étaient trop émoussés, n'étaient plus assez impérieux pour la faire changer de vie, pour la forcer à renoncer au monde et à réaliser sa véritable destinée. Elle continuait à offrir le spectacle somptueux et désolé d'une existence faite pour l'infini et peu à peu restreinte au presque néant, avec seulement sur elle les ombres mélancoliques de la noble destinée qu'elle eût pu remplir et dont elle s'éloignait chaque jour davantage. Un grand mouvement de pleine charité qui aurait lavé son cœur comme une marée, nivelé toutes les inégalités humaines qui obstruent un cœur mondain, était arrêté par les mille digues de l'égoïsme, de la coquetterie et de l'ambition. La bonté ne lui plaisait plus que comme une élégance. Elle ferait bien encore des charités d'argent, des charités de sa peine même et de son temps, mais toute une partie d'elle-même était réservée, ne lui appartenait plus. Elle lisait ou rêvait encore le matin dans son lit, mais avec un esprit faussé, qui s'arrêtait maintenant au-dehors des choses et se considérait lui-même, non pour s'approfondir, mais pour s'admirer voluptueusement et coquettement comme en face d'un miroir. Et si alors on lui avait annoncé une visite, elle n'aurait pas eu la volonté de la renvoyer pour continuer à rêver ou à lire. Elle en était arrivée à ne plus goûter la nature qu'avec des sens pervertis, et le charme des saisons n'existait plus pour elle que pour parfumer ses élégances et leur donner leur tonalité. Les charmes de l'hiver devinrent le plaisir d'être frileuse, et la gaieté de la chasse ferma son cœur aux tristesses de l'automne. Parfois elle voulait essayer de retrouver, en marchant seule dans une forêt, la source naturelle des vraies joies. Mais, sous les feuillées ténébreuses, elle promenait des robes éclatantes. Et le plaisir d'être élégante corrompait pour elle la joie d'être seule et de rêver.

« Partons-nous demain ? demandait le duc.

— Après-demain », répondait Violante.

Puis le duc cessa de l'interroger. À Augustin qui se lamentait, Violante écrivit : « Je reviendrai quand je serai un peu plus vieille. » — « Ah ! répondit Augustin, vous leur donnez délibérément votre jeunesse ; vous ne reviendrez jamais dans votre Styrie. » Elle n'y revint jamais. Jeune, elle était restée dans le monde pour exercer la royauté d'élégance que presque encore enfant elle avait conquise. Vieille, elle y resta pour la défendre. Ce fut en vain. Elle la perdit. Et quand elle mourut, elle était encore en train d'essayer de la reconquérir. Augustin avait compté sur le dégoût. Mais il avait compté sans une force qui, si elle est nourrie d'abord par la vanité, vainc le dégoût, le mépris, l'ennui même : c'est l'habitude.

Août 1892.

La confession d'une jeune fille

« Les désirs des sens nous entraî-
nent çà et là, mais l'heure passée, que
rapportez-vous ? des remords de conscience et de la dissipation d'esprit.
On sort dans la joie et souvent on revient dans la tristesse, et les plaisirs du
soir attristent le matin. Ainsi la joie
des sens flatte d'abord, mais à la fin
elle blesse et elle tue. »

Imitation de Jésus-Christ
LIVRE I, CH. XVIII

I

« Parmi l'oubli qu'on cherche aux
    fausses allégresses,
Revient plus virginal à travers les
    ivresses,
Le doux parfum mélancolique du
    lilas. »

HENRI DE RÉGNIER

Enfin la délivrance approche. Certainement j'ai été maladroite, j'ai mal tiré, j'ai failli
me manquer. Certainement il aurait mieux
valu mourir du premier coup, mais enfin on
n'a pas pu extraire la balle et les accidents au
cœur ont commencé. Cela ne peut plus être
bien long. Huit jours pourtant ! cela peut encore durer huit jours ! pendant lesquels je ne

pourrai faire autre chose que m'efforcer de
ressaisir l'horrible enchaînement. Si je n'étais
pas si faible, si j'avais assez de volonté pour
me lever, pour partir, je voudrais aller mourir
aux Oublis, dans le parc où j'ai passé tous mes
étés jusqu'à quinze ans. Nul lieu n'est plus
plein de ma mère, tant sa présence, et son absence plus encore, l'imprégnèrent de sa personne. L'absence n'est-elle pas pour qui aime
la plus certaine, la plus efficace, la plus vivace,
la plus indestructible, la plus fidèle des présen-
ces ?

Ma mère m'amenait aux Oublis à la fin
d'avril, repartait au bout de deux jours, passait deux jours encore au milieu de mai, puis
revenait me chercher dans la dernière se-
maine de juin. Ses venues si courtes étaient la
chose la plus douce et la plus cruelle. Pendant ces deux jours elle me prodiguait des
tendresses dont habituellement, pour m'en-
durcir et calmer ma sensibilité maladive, elle
était très avare. Les deux soirs qu'elle passait
aux Oublis, elle venait me dire bonsoir dans
mon lit, ancienne habitude qu'elle avait perdue, parce que j'y trouvais trop de plaisir et
trop de peine, que je ne m'endormais plus à
force de la rappeler pour me dire bonsoir en-

core, n'osant plus à la fin, n'en ressentant que davantage le besoin passionné, inventant toujours de nouveaux prétextes, mon oreiller brûlant à retourner, mes pieds gelés qu'elle seule pourrait réchauffer dans ses mains... Tant de doux moments recevaient une douceur de plus de ce que je sentais que c'étaient ceux-là où ma mère était véritablement elle-même et que son habituelle froideur devait lui coûter beaucoup. Le jour où elle repartait, jour de désespoir où je m'accrochais à sa robe jusqu'au wagon, la suppliant de m'emmener à Paris avec elle, je démêlais très bien le sincère au milieu du feint, sa tristesse qui perçait sous ses reproches gais et fâchés par ma tristesse « bête, ridicule » qu'elle voulait m'apprendre à dominer, mais qu'elle partageait. Je ressens encore mon émotion d'un de ces jours de départ (juste cette émotion intacte, pas altérée par le douloureux retour d'aujourd'hui) d'un de ces jours de départ où je fis la douce découverte de sa tendresse si pareille et si supérieure à la mienne. Comme toutes les découvertes, elle avait été pressentie, devinée, mais les faits semblaient si souvent y contredire ! Mes plus douces impressions sont celles des années où elle revint aux Oublis, rappelée parce que j'étais malade. Non seulement elle me faisait une visite de plus sur laquelle je n'avais pas compté, mais surtout elle n'était plus alors que douceur et tendresse longuement épanchées sans dissimulation ni contrainte. Même dans ce temps-là où elles n'étaient pas encore adoucies, attendries par la pensée qu'un jour elles viendraient à me manquer, cette douceur, cette tendresse étaient tant pour moi que le charme des convalescences me fut toujours mortellement triste : le jour approchait où je serais assez guérie pour que ma mère pût repartir, et jusque-là je n'étais plus assez souffrante pour qu'elle ne reprît pas les sévérités, la justice sans indulgence d'avant.

Un jour, les oncles chez qui j'habitais aux Oublis m'avaient caché que ma mère devait arriver, parce qu'un petit cousin était venu passer quelques heures avec moi, et que je ne me serais pas assez occupée de lui dans l'angoisse joyeuse de cette attente. Cette cachotterie fut peut-être la première des circonstances indépendantes de ma volonté qui furent les complices de toutes les dispositions pour le mal que, comme tous les enfants de mon âge, et pas plus qu'eux alors, je portais en moi. Ce petit cousin qui avait quinze ans — j'en avais quatorze — était déjà très vicieux et m'apprit

des choses qui me firent frissonner aussitôt
de remords et de volupté. Je goûtais à l'écouter, à laisser ses mains caresser les miennes,
une joie empoisonnée à sa source même ;
bientôt j'eus la force de le quitter et je me
sauvai dans le parc avec un besoin fou de ma
mère que je savais, hélas ! être à Paris, l'appe-
lant partout malgré moi par les allées. Tout à
coup, passant devant une charmille, je l'aper-
çus sur un banc, souriante et m'ouvrant les
bras. Elle releva son voile pour m'embrasser,
je me précipitai contre ses joues en fondant
en larmes ; je pleurai longtemps en lui racon-
tant toutes ces vilaines choses qu'il fallait
l'ignorance de mon âge pour lui dire et qu'elle
sut écouter divinement, sans les comprendre,
diminuant leur importance avec une bonté
qui allégeait le poids de ma conscience. Ce
poids s'allégeait, s'allégeait ; mon âme écra-
sée, humiliée montait de plus en plus légère
et puissante, débordait, j'étais toute âme. Une
divine douceur émanait de ma mère et de
mon innocence revenue. Je sentis bientôt
sous mes narines une odeur aussi pure et
aussi fraîche. C'était un lilas dont une bran-
che cachée par l'ombrelle de ma mère était
déjà fleurie et qui, invisible, embaumait. Tout
en haut des arbres, les oiseaux chantaient de

toutes leurs forces. Plus haut, entre les cimes vertes, le ciel était d'un bleu si profond qu'il semblait à peine l'entrée d'un ciel où l'on pourrait monter sans fin. J'embrassai ma mère. Jamais je n'ai retrouvé la douceur de ce baiser. Elle repartit le lendemain et ce départ-là fut plus cruel que tous ceux qui avaient précédé. En même temps que la joie il me semblait que c'était maintenant que j'avais une fois péché, la force, le soutien nécessaires qui m'abandonnaient.

Toutes ces séparations m'apprenaient malgré moi ce que serait l'irréparable qui viendrait un jour, bien que jamais à cette époque je n'aie sérieusement envisagé la possibilité de survivre à ma mère. J'étais décidée à me tuer dans la minute qui suivrait sa mort. Plus tard, l'absence porta d'autres enseignements plus amers encore, qu'on s'habitue à l'absence, que c'est la plus grande diminution de soi-même, la plus humiliante souffrance de sentir qu'on n'en souffre plus. Ces enseignements d'ailleurs devaient être démentis dans la suite. Je repense surtout maintenant au petit jardin où je prenais avec ma mère le déjeuner du matin et où il y avait d'innombrables pensées. Elles m'avaient toujours paru un peu tristes, graves comme des emblèmes, mais douces et veloutées, souvent mauves, parfois violettes, presque noires, avec de gracieuses et mystérieuses images jaunes, quelques-unes entièrement blanches et d'une frêle innocence. Je les cueille toutes maintenant dans mon souvenir, ces pensées, leur tristesse s'est accrue d'avoir été comprises, la douceur de leur velouté est à jamais disparue.

II

Comment toute cette eau fraîche de souvenirs a-t-elle pu jaillir encore une fois et couler dans mon âme impure d'aujourd'hui sans s'y souiller ? Quelle vertu possède cette matinale odeur de lilas pour traverser tant de vapeurs fétides sans s'y mêler et s'y affaiblir ? Hélas ! en même temps qu'en moi, c'est bien loin de moi, c'est hors de moi que mon âme de quatorze ans se réveille encore. Je sais bien qu'elle n'est plus mon âme et qu'il ne dépend plus de moi qu'elle la redevienne. Alors pourtant je ne croyais pas que j'en arriverais un jour à la regretter. Elle n'était que pure, j'avais à la rendre forte et capable dans l'avenir des plus hautes tâches. Souvent aux Oublis, après

avoir été avec ma mère au bord de l'eau
pleine des jeux du soleil et des poissons, pendant les chaudes heures du jour, — ou le
matin et le soir me promenant avec elle dans
les champs, je rêvais avec confiance cet avenir
qui n'était jamais assez beau au gré de son
amour, de mon désir de lui plaire, et des
puissances sinon de volonté, au moins d'imagination et de sentiment qui s'agitaient en
moi, appelaient tumultueusement la destinée
où elles se réaliseraient et frappaient à coups
répétés à la cloison de mon cœur comme
pour l'ouvrir et se précipiter hors de moi,
dans la vie. Si, alors, je sautais de toutes mes
forces, si j'embrassais mille fois ma mère,
courais au loin en avant comme un jeune
chien, ou restée indéfiniment en arrière à
cueillir des coquelicots et des bleuets, les rap-
portais en poussant des cris, c'était moins
pour la joie de la promenade elle-même et de
ces cueillettes que pour épancher mon bonheur de sentir en moi toute cette vie prête à
jaillir, à s'étendre à l'infini, dans des perspec-
tives plus vastes et plus enchanteresses que
l'extrême horizon des forêts et du ciel que
j'aurais voulu atteindre d'un seul bond. Bou-
quets de bleuets, de trèfles et de coquelicots,
si je vous emportais avec tant d'ivresse, les

yeux ardents, toute palpitante, si vous me fai-
siez rire et pleurer, c'est que je vous composais
avec toutes mes espérances d'alors, qui maintenant, comme vous, ont séché, ont pourri, et
sans avoir fleuri comme vous, sont retournées
à la poussière.

Ce qui désolait ma mère, c'était mon manque de volonté. Je faisais tout par l'impulsion
du moment. Tant qu'elle fut toujours donnée par l'esprit ou par le cœur, ma vie, sans
être tout à fait bonne, ne fut pourtant pas
vraiment mauvaise. La réalisation de tous mes
beaux projets de travail, de calme, de raison,
nous préoccupait par-dessus tout, ma mère et
moi, parce que nous sentions, elle plus dis-
tinctement, moi confusément, mais avec beaucoup de force, qu'elle ne serait que l'image
projetée dans ma vie de la création par moi-
même et en moi-même de cette volonté qu'elle
avait conçue et couvée. Mais toujours je
l'ajournais au lendemain. Je me donnais du
temps, je me désolais parfois de le voir passer, mais il y en avait encore tant devant moi !
Pourtant j'avais un peu peur, et sentais vague-
ment que l'habitude de me passer ainsi de
vouloir commençait à peser sur moi de plus
en plus fortement à mesure qu'elle prenait
plus d'années, me doutant tristement que les

choses ne changeraient pas tout d'un coup, et qu'il ne fallait guère compter, pour transformer ma vie et créer ma volonté, sur un miracle qui ne m'aurait coûté aucune peine. Désirer avoir de la volonté n'y suffisait pas. Il aurait fallu précisément ce que je ne pouvais sans volonté : le vouloir.

III

> « Et le vent furibond de la concupiscence
> Fait claquer votre chair ainsi qu'un vieux drapeau. »
>
> BAUDELAIRE

Pendant ma seizième année, je traversai une crise qui me rendit souffrante. Pour me distraire, on me fit débuter dans le monde. Des jeunes gens prirent l'habitude de venir me voir. Un d'entre eux était pervers et méchant. Il avait des manières à la fois douces et hardies. C'est de lui que je devins amoureuse. Mes parents l'apprirent et ne brusquèrent rien pour ne pas me faire trop de peine. Passant tout le temps où je ne le voyais pas à penser à lui, je finis par m'abaisser en lui ressemblant autant que cela m'était possible. Il m'induisit à mal faire presque par surprise, puis m'habitua à laisser s'éveiller en moi de mauvaises pensées auxquelles je n'eus pas une volonté à opposer, seule puissance capable de les faire rentrer dans l'ombre infernale d'où elles sortaient. Quand l'amour finit, l'habitude avait pris sa place et il ne manquait pas de jeunes gens immoraux pour l'exploiter. Complices de mes fautes, ils s'en faisaient aussi les apologistes en face de ma conscience. J'eus d'abord des remords atroces, je fis des aveux qui ne furent pas compris. Mes camarades me détournèrent d'insister auprès de mon père. Ils me persuadaient lentement que toutes les jeunes filles faisaient de même et que les parents feignaient seulement de l'ignorer. Les mensonges que j'étais sans cesse obligée de faire, mon imagination les colora bientôt des semblants d'un silence qu'il convenait de garder sur une nécessité inéluctable. À ce moment je ne vivais plus bien ; je rêvais, je pensais, je sentais encore.

Pour distraire et chasser tous ces mauvais désirs, je commençai à aller beaucoup dans le monde. Ses plaisirs desséchants m'habituèrent à vivre dans une compagnie perpétuelle, et je perdis avec le goût de la solitude le se-

cret des joies que m'avaient données jusque-
là la nature et l'art. Jamais je n'ai été si souvent au concert que dans ces années-là. Jamais,
tout occupée au désir d'être admirée dans
une loge élégante, je n'ai senti moins profondément la musique. J'écoutais et je n'entendais rien. Si par hasard j'entendais, j'avais
cessé de voir tout ce que la musique sait dé-
voiler. Mes promenades aussi avaient été
comme frappées de stérilité. Les choses qui
autrefois suffisaient à me rendre heureuse
pour toute la journée, un peu de soleil jau-
nissant l'herbe, le parfum que les feuilles
mouillées laissent s'échapper avec les dernières gouttes de pluie, avaient perdu comme
moi leur douceur et leur gaieté. Les bois, le
ciel, les eaux semblaient se détourner de moi,
et si, restée seule avec eux face à face, je les
interrogeais anxieusement, ils ne murmu-
raient plus ces réponses vagues qui me ravis-
saient autrefois. Les hôtes divins qu'annoncent
les voix des eaux, des feuillages et du ciel dai-
gnent visiter seulement les cœurs qui, en habi-
tant en eux-mêmes, se sont purifiés.

C'est alors qu'à la recherche d'un remède
inverse et parce que je n'avais pas le courage
de vouloir le véritable qui était si près, et hélas ! si loin de moi, en moi-même, je me lais-

sai de nouveau aller aux plaisirs coupables, croyant ranimer par là la flamme éteinte par le monde. Ce fut en vain. Retenue par le plaisir de plaire, je remettais de jour en jour la décision définitive, le choix, l'acte vraiment libre, l'option pour la solitude. Je ne renonçai pas à l'un de ces deux vices pour l'autre. Je les mêlai. Que dis-je ? chacun se chargeant de briser tous les obstacles de pensée, de sentiment, qui auraient arrêté l'autre, semblait aussi l'appeler. J'allais dans le monde pour me calmer après une faute, et j'en commettais une autre dès que j'étais calme. C'est à ce moment terrible, après l'innocence perdue, et avant le remords d'aujourd'hui, à ce moment où de tous les moments de ma vie j'ai le moins valu, que je fus le plus appréciée de tous. On m'avait jugée une petite fille prétentieuse et folle ; maintenant, au contraire, les cendres de mon imagination étaient au goût du monde qui s'y délectait. Alors que je commettais envers ma mère le plus grand des crimes, on me trouvait à cause de mes façons tendrement respectueuses avec elle, le modèle des filles. Après le suicide de ma pensée, on admirait mon intelligence, on raffolait de mon esprit. Mon imagination desséchée, ma sensibilité tarie suffisaient à la soif des plus

altérés de vie spirituelle, tant cette soif était
factice, et mensongère comme la source où
ils croyaient l'étancher ! Personne d'ailleurs
ne soupçonnait le crime secret de ma vie, et je
semblais à tous la jeune fille idéale. Combien
de parents dirent alors à ma mère que si ma
situation eût été moindre et s'ils avaient pu
songer à moi, ils n'auraient pas voulu d'autre
femme pour leur fils ! Au fond de ma conscience oblitérée, j'éprouvais pourtant de ces
louanges indues une honte désespérée ; elle
n'arrivait pas jusqu'à la surface, et j'étais tombée si bas que j'eus l'indignité de les rappor-
ter en riant aux complices de mes crimes.

IV

> « À quiconque a perdu ce qui ne se
> retrouve
> Jamais… jamais ! »
>
> BAUDELAIRE

L'hiver de ma vingtième année, la santé de
ma mère, qui n'avait jamais été vigoureuse,
fut très ébranlée. J'appris qu'elle avait le
cœur malade, sans gravité d'ailleurs, mais

qu'il fallait lui éviter tout ennui. Un de mes oncles me dit que ma mère désirait me voir me marier. Un devoir précis, important se présentait à moi. J'allais pouvoir prouver à ma mère combien je l'aimais. J'acceptai la première demande qu'elle me transmit en l'approuvant, chargeant ainsi, à défaut de volonté, la nécessité de me contraindre à changer de vie. Mon fiancé était précisément le jeune homme qui, par son extrême intelligence, sa douceur et son énergie, pouvait avoir sur moi la plus heureuse influence. Il était, de plus, décidé à habiter avec nous. Je ne serais pas séparée de ma mère, ce qui eût été pour moi la peine la plus cruelle.

Alors j'eus le courage de dire toutes mes fautes à mon confesseur. Je lui demandai si je devais le même aveu à mon fiancé. Il eut la pitié de m'en détourner, mais me fit prêter le serment de ne jamais retomber dans mes erreurs et me donna l'absolution. Les fleurs tardives que la joie fit éclore dans mon cœur que je croyais à jamais stérile portèrent des fruits. La grâce de Dieu, la grâce de la jeunesse, — où l'on voit tant de plaies se refermer d'elles-mêmes par la vitalité de cet âge — m'avaient guérie. Si, comme l'a dit saint Augustin, il est plus difficile de redevenir chaste que de l'avoir été, je connus alors une vertu difficile. Personne ne se doutait que je valais infiniment mieux qu'avant et ma mère baisait chaque jour mon front qu'elle n'avait jamais cessé de croire pur sans savoir qu'il était régénéré. Bien plus, on me fit à ce moment, sur mon attitude distraite, mon silence et ma mélancolie dans le monde, des reproches injustes. Mais je ne m'en fâchais pas : le secret qui était entre moi et ma conscience satisfaite me procurait assez de volupté. La convalescence de mon âme — qui me souriait maintenant sans cesse avec un visage semblable à celui de ma mère et me regardait avec un air de tendre reproche à travers ses larmes qui séchaient — était d'un charme et d'une langueur infinis. Oui, mon âme renaissait à la vie. Je ne comprenais pas moi-même comment j'avais pu la maltraiter, la faire souffrir, la tuer presque. Et je remerciais Dieu avec effusion de l'avoir sauvée à temps.

C'est l'accord de cette joie profonde et pure avec la fraîche sérénité du ciel que je goûtais le soir *où tout s'est accompli.* L'absence de mon fiancé, qui était allé passer deux jours chez sa sœur, la présence à dîner du jeune homme qui avait la plus grande responsabilité dans mes fautes passées, ne proje-

taient pas sur cette limpide soirée de mai la
plus légère tristesse. Il n'y avait pas un nuage
au ciel qui se reflétait exactement dans mon
cœur. Ma mère, d'ailleurs, comme s'il y avait
eu entre elle et mon âme, malgré qu'elle fût
dans une ignorance absolue de mes fautes,
une solidarité mystérieuse, était à peu près
guérie. « Il faut la ménager quinze jours, avait
dit le médecin, et après cela il n'y aura plus
de rechute possible ! » Ces seuls mots étaient
pour moi la promesse d'un avenir de bonheur dont la douceur me faisait fondre en
larmes. Ma mère avait ce soir-là une robe plus
élégante que de coutume, et, pour la première fois depuis la mort de mon père, déjà
ancienne pourtant de dix ans, elle avait ajouté
un peu de mauve à son habituelle robe noire.
Elle était toute confuse d'être ainsi habillée
comme quand elle était plus jeune, et triste
et heureuse d'avoir fait violence à sa peine et
à son deuil pour me faire plaisir et fêter ma
joie. J'approchai de son corsage un œillet
rose qu'elle repoussa d'abord, puis qu'elle at-
tacha, parce qu'il venait de moi, d'une main
un peu hésitante, honteuse. Au moment où
on allait se mettre à table, j'attirai près de
moi vers la fenêtre son visage délicatement
reposé de ses souffrances passées, et je l'em-

brassai avec passion. Je m'étais trompée en disant que je n'avais jamais retrouvé la douceur du baiser aux Oublis. Le baiser de ce soir-là fut aussi doux qu'aucun autre. Ou plutôt ce fut le baiser même des Oublis qui, évoqué par l'attrait d'une minute pareille, glissa doucement du fond du passé et vint se poser entre les joues de ma mère encore un peu pâles et mes lèvres.

On but à mon prochain mariage. Je ne buvais jamais que de l'eau à cause de l'excitation trop vive que le vin causait à mes nerfs. Mon oncle déclara qu'à un moment comme celui-là, je pouvais faire une exception. Je revois très bien sa figure gaie en prononçant ces paroles stupides... Mon Dieu ! mon Dieu ! j'ai tout confessé avec tant de calme, vais-je être obligée de m'arrêter ici ? Je ne vois plus rien ! Si... mon oncle dit que je pouvais bien à un moment comme celui-là faire une exception. Il me regarda en riant en disant cela, je bus vite avant d'avoir regardé ma mère dans la crainte qu'elle ne me le défendît. Elle dit doucement : « On ne doit jamais faire une place au mal, si petite qu'elle soit. » Mais le vin de Champagne était si frais que j'en bus encore deux autres verres. Ma tête était devenue très lourde, j'avais à la fois be-

soin de me reposer et de dépenser mes nerfs.
On se levait de table : Jacques s'approcha de
moi et me dit en me regardant fixement :

« Voulez-vous venir avec moi ; je voudrais
vous montrer des vers que j'ai faits. »

Ses beaux yeux brillaient doucement dans
ses joues fraîches, il releva lentement ses
moustaches avec sa main. Je compris que je
me perdais et je fus sans force pour résister.
Je dis toute tremblante :

« Oui, cela me fera plaisir. »

Ce fut en disant ces paroles, avant même
peut-être, en buvant le second verre de vin de
Champagne que je commis l'acte vraiment
responsable, l'acte abominable. Après cela, je
ne fis plus que me laisser faire. Nous avions
fermé à clef les deux portes, et lui, son haleine sur mes joues, m'étreignait, ses mains
furetant le long de mon corps. Alors tandis
que le plaisir me tenait de plus en plus, je
sentais s'éveiller, au fond de mon cœur, une
tristesse et une désolation infinies ; il me semblait que je faisais pleurer l'âme de ma mère,
l'âme de mon ange gardien, l'âme de Dieu.
Je n'avais jamais pu lire sans des frémisse-
ments d'horreur le récit des tortures que des
scélérats font subir à des animaux, à leur propre femme, à leurs enfants ; il m'apparaissait

confusément maintenant que dans tout acte voluptueux et coupable il y a autant de férocité de la part du corps qui jouit, et qu'en nous autant de bonnes intentions, autant d'anges purs sont martyrisés et pleurent.

Bientôt mes oncles auraient fini leur partie de cartes et allaient revenir. Nous allions les devancer, je ne faillirais plus, c'était la dernière fois... Alors, au-dessus de la cheminée, je me vis dans la glace. Toute cette vague angoisse de mon âme n'était pas peinte sur ma figure, mais toute elle respirait, des yeux brillants aux joues enflammées et à la bouche offerte, une joie sensuelle, stupide et brutale. Je pensais alors à l'horreur de quiconque m'ayant vue tout à l'heure embrasser ma mère avec une mélancolique tendresse, me verrait ainsi transfigurée en bête. Mais aussitôt se dressa dans la glace, contre ma figure, la bouche de Jacques, avide sous ses moustaches. Troublée jusqu'au plus profond de moi-même, je rapprochai ma tête de la sienne, quand en face de moi je vis, oui, je le dis comme cela était, écoutez-moi puisque je peux vous le dire, sur le balcon, devant la fenêtre, je vis ma mère qui me regardait hébétée. Je ne sais si elle a crié, je n'ai rien entendu, mais elle est tombée en arrière et est restée la

tête prise entre les deux barreaux du balcon...

Ce n'est pas la dernière fois que je vous le
raconte ; je vous l'ai dit, je me suis presque
manquée, je m'étais pourtant bien visée, mais
j'ai mal tiré. Pourtant on n'a pas pu extraire
la balle et les accidents au cœur ont commencé. Seulement je peux rester encore huit
jours comme cela et je ne pourrai cesser jusque-là de raisonner sur les commencements
et de *voir* la fin. J'aimerais mieux que ma
mère m'ait vue commettre d'autres crimes
encore et celui-là même, mais qu'elle n'ait pas
vu cette expression joyeuse qu'avait ma figure
dans la glace. Non, elle n'a pu la voir... C'est
une coïncidence... elle a été frappée d'apo-
plexie une minute avant de me voir... Elle ne
l'a pas vue... Cela ne se peut pas ! Dieu qui savait tout ne l'aurait pas voulu.

Un dîner en ville

« Mais, Fundanius, qui partageait
avec vous le bonheur de ce repas ? je
suis en peine de le savoir. »

HORACE

I

Honoré était en retard ; il dit bonjour aux
maîtres de la maison, aux invités qu'il connaissait, fut présenté aux autres et on passa à
table. Au bout de quelques instants, son voisin, un tout jeune homme, lui demanda de
lui nommer et de lui raconter les invités. Honoré ne l'avait encore jamais rencontré dans
le monde. Il était très beau. La maîtresse de
la maison jetait à chaque instant sur lui des
regards brûlants qui signifiaient assez pourquoi elle l'avait invité et qu'il ferait bientôt
partie de sa société. Honoré sentit en lui une
puissance future, mais sans envie, par bien-
veillance polie, se mit en devoir de lui répondre. Il regarda autour de lui. En face deux

voisins ne se parlaient pas : on les avait, par
maladroite bonne intention, invités ensemble
et placés l'un près de l'autre parce qu'ils s'oc-
cupaient tous les deux de littérature. Mais à
cette première raison de se haïr, ils en ajou-
taient une plus particulière. Le plus âgé, pa-
rent — doublement hypnotisé — de M. Paul
Desjardins et de M. de Vogüé[1], affectait un silence méprisant à l'endroit du plus jeune,
disciple favori de M. Maurice Barrès, qui le
considérait à son tour avec ironie. La mal-
veillance de chacun d'eux exagérait d'ailleurs
bien contre son gré l'importance de l'autre,
comme si l'on eût affronté le chef des scélérats au roi des imbéciles. Plus loin, une su-
perbe Espagnole mangeait rageusement. Elle
avait sans hésiter et en personne sérieuse sa-
crifié ce soir-là un rendez-vous à la probabi-
lité d'avancer, en allant dîner dans une
maison élégante, sa carrière mondaine. Et
certes, elle avait beaucoup de chances d'avoir
bien calculé. Le snobisme de Mme Fremer

---

1. Paul Desjardins (1859-1940) avait fondé en 1892
l'Union pour l'action morale. Eugène Melchior, vicomte
de Vogüé (1848-1910) avait fait connaître en France le
quiétisme de Tolstoï et le mysticisme de Dostoïevski. Il était
à l'origine d'un mouvement « néo-chrétien » combattant
le naturalisme et le positivisme.

était pour ses amies et celui de ses amies était pour elle comme une assurance mutuelle contre l'embourgeoisement. Mais le hasard avait voulu que Mme Fremer écoulât précisément ce soir-là un stock de gens qu'elle n'avait pu inviter à ses dîners, à qui, pour des raisons différentes, elle tenait à faire des politesses, et qu'elle avait réunis presque pêle-mêle. Le tout était bien surmonté d'une duchesse, mais que l'Espagnole connaissait déjà et dont elle n'avait plus rien à tirer. Aussi échangeait-elle des regards irrités avec son mari dont on entendait toujours, dans les soirées, la voix gutturale dire successivement, en laissant entre chaque demande un intervalle de cinq minutes bien remplies par d'autres besognes : « Voudriez-vous me présenter au duc ? — Monsieur le duc, voudriez-vous me présenter à la duchesse ? — Madame la duchesse, puis-je vous présenter ma femme ? » Exaspéré de perdre son temps, il s'était pourtant résigné à entamer la conversation avec son voisin, l'associé du maître de la maison. Depuis plus d'un an Fremer suppliait sa femme de l'inviter. Elle avait enfin cédé et l'avait dissimulé entre le mari de l'Espagnole et un humaniste. L'humaniste, qui lisait trop, mangeait trop. Il avait des citations et des renvois et ces deux incommodités répugnaient également à sa voisine, une noble roturière, Mme Lenoir. Elle avait vite amené la conversation sur les victoires du prince de Buivres au Dahomey[1] et disait d'une voix attendrie : « Cher enfant, comme cela me réjouit qu'il honore la famille ! » En effet, elle était cousine des Buivres, qui, tous plus jeunes qu'elle, la traitaient avec la déférence que lui valaient son âge, son attachement à la famille royale, sa grande fortune et la constante stérilité de ses trois mariages. Elle avait reporté sur tous les Buivres ce qu'elle pouvait éprouver de sentiments de famille. Elle ressentait une honte personnelle des vilenies de celui qui avait un conseil judiciaire, et, autour de son front bien-pensant, sur ses bandeaux orléanistes, portait naturellement les lauriers de celui qui était général. Intruse dans cette famille jusque-là si fermée, elle en était devenue le chef et comme la douairière. Elle se sentait réellement exilée dans la société moderne, parlait

---

1. En 1890, la France envoya au Dahomey, l'actuel Bénin, un corps expéditionnaire pour faire respecter le protectorat que lui reconnaissaient les traités anciens et que contestait le roi Behanzin. Ce fut le début d'une campagne pleine de rebondissements.

toujours avec attendrissement des « vieux gen-
tilshommes d'autrefois ». Son snobisme n'était
qu'imagination et était d'ailleurs toute son
imagination. Les noms riches de passé et de
gloire ayant sur son esprit sensible un pouvoir singulier, elle trouvait des jouissances aussi
désintéressées à dîner avec des princes qu'à
lire des mémoires de l'Ancien Régime. Portant toujours les mêmes raisins, sa coiffure
était invariable comme ses principes. Ses yeux
pétillaient de bêtise. Sa figure souriante était
noble, sa mimique excessive et insignifiante.
Elle avait, par confiance en Dieu, une même
agitation optimiste la veille d'une garden-party
ou d'une révolution, avec des gestes rapides
qui semblaient conjurer le radicalisme ou le
mauvais temps. Son voisin l'humaniste lui
parlait avec une élégance fatigante et avec une
terrible facilité à formuler ; il faisait des citations d'Horace pour excuser aux yeux des
autres et poétiser aux siens sa gourmandise et
son ivrognerie. D'invisibles roses antiques et
pourtant fraîches ceignaient son front étroit.
Mais d'une politesse égale et qui lui était facile, parce qu'elle y voyait l'exercice de sa
puissance et le respect, rare aujourd'hui, des
vieilles traditions, Mme Lenoir parlait toutes

les cinq minutes à l'associé de M. Fremer.
Celui-ci d'ailleurs n'avait pas à se plaindre.
De l'autre bout de la table, Mme Fremer lui
adressait les plus charmantes flatteries. Elle
voulait que ce dîner comptât pour plusieurs
années, et, décidée à ne pas évoquer d'ici
longtemps ce trouble-fête, elle l'enterrait sous
les fleurs. Quant à M. Fremer, travaillant le
jour à sa banque, et, le soir, traîné par sa
femme dans le monde ou retenu chez lui
quand on recevait, toujours prêt à tout dévo-
rer, toujours muselé, il avait fini par garder
dans les circonstances les plus indifférentes
une expression mêlée d'irritation sourde, de
résignation boudeuse, d'exaspération conte-
nue et d'abrutissement profond. Pourtant, ce
soir, elle faisait place sur la figure du financier
à une satisfaction cordiale toutes les fois que
ses regards rencontraient ceux de son associé.
Bien qu'il ne pût le souffrir dans l'habitude de
la vie, il se sentait pour lui des tendresses fugi-
tives, mais sincères, non parce qu'il l'éblouis-
sait facilement de son luxe, mais par cette
même fraternité vague qui nous émeut à
l'étranger à la vue d'un Français, même
odieux. Lui, si violemment arraché chaque
soir à ses habitudes, si injustement privé du

repos qu'il avait mérité, si cruellement déra-
ciné, il sentait un lien, habituellement dé-
testé, mais fort, qui le rattachait enfin à
quelqu'un et le prolongeait, pour l'en faire
sortir, au-delà de son isolement farouche et
désespéré. En face de lui, Mme Fremer mirait
dans les yeux charmés des convives sa blonde
beauté. La double réputation dont elle était
environnée était un prisme trompeur au travers duquel chacun essayait de distinguer ses
traits véritables. Ambitieuse, intrigante, presque aventurière, au dire de la finance qu'elle
avait abandonnée pour des destinées plus
brillantes, elle apparaissait au contraire aux
yeux du Faubourg et de la famille royale
qu'elle avait conquis comme un esprit supérieur, un ange de douceur et de vertu. Du
reste, elle n'avait pas oublié ses anciens amis
plus humbles, se souvenait d'eux surtout
quand ils étaient malades ou en deuil, circonstances touchantes, où d'ailleurs, comme
on ne va pas dans le monde, on ne peut se
plaindre de n'être pas invité. Par là elle donnait leur portée aux élans de sa charité, et
dans les entretiens avec les parents ou les prê-
tres aux chevets des mourants, elle versait des
larmes sincères, tuant un à un les remords

qu'inspirait sa vie trop facile à son cœur scru-
puleux.

Mais la plus aimable convive était la jeune
duchesse de D..., dont l'esprit alerte et clair,
jamais inquiet ni troublé, contrastait si étran-
gement avec l'incurable mélancolie de ses
beaux yeux, le pessimisme de ses lèvres, l'infinie et noble lassitude de ses mains. Cette
puissante amante de la vie sous toutes ses formes, bonté, littérature, théâtre, action, amitié, mordait sans les flétrir, comme une fleur
dédaignée, ses belles lèvres rouges, dont un
sourire désenchanté relevait faiblement les
coins. Ses yeux semblaient promettre un esprit à jamais chaviré sur les eaux malades du
regret. Combien de fois, dans la rue, au théâtre, des passants songeurs avaient allumé leur
rêve à ces astres changeants ! Maintenant la
duchesse, qui se souvenait d'un vaudeville ou
combinait une toilette, n'en continuait pas
moins à étirer tristement ses nobles phalan-
ges résignées et pensives, et promenait autour
d'elle des regards désespérés et profonds qui
noyaient les convives impressionnables sous
les torrents de leur mélancolie. Sa conversation exquise se parait négligemment des
élégances fanées et si charmantes d'un scepti-

cisme déjà ancien. On venait d'avoir une discussion, et cette personne si absolue dans la
vie et qui estimait qu'il n'y avait qu'une manière de s'habiller répétait à chacun : « Mais,
pourquoi est-ce qu'on ne peut pas tout dire,
tout penser ? Je peux avoir raison, vous aussi.
Comme c'est terrible et étroit d'avoir une
opinion. » Son esprit n'était pas comme son
corps, habillé à la dernière mode, et elle plai-
santait aisément les symbolistes et les croyants.
Mais il en était de son esprit comme de ces
femmes charmantes qui sont assez belles et
vives pour plaire vêtues de vieilleries. C'était
peut-être d'ailleurs coquetterie voulue. Certaines idées trop crues auraient éteint son
esprit comme certaines couleurs qu'elle s'in-
terdisait son teint.

À son joli voisin, Honoré avait donné de
ces différentes figures une esquisse rapide et
si bienveillante que, malgré leurs différences
profondes, elles semblaient toutes pareilles,
la brillante Mme de Torreno, la spirituelle
duchesse de D..., la belle Mme Lenoir. Il avait
négligé leur seul trait commun, ou plutôt la
même folie collective, la même épidémie ré-
gnante dont tous étaient atteints, le snobisme.
Encore, selon leurs natures, affectait-il des

formes bien différentes et il y avait loin du
snobisme imaginatif et poétique de Mme Lenoir au snobisme conquérant de Mme de
Torreno, avide comme un fonctionnaire qui
veut arriver aux premières places. Et pourtant,
cette terrible femme était capable de se réhu-
maniser. Son voisin venait de lui dire qu'il
avait admiré au parc Monceau sa petite fille.
Aussitôt elle avait rompu son silence indigné.
Elle avait éprouvé pour cet obscur comptable
une sympathie reconnaissante et pure qu'elle
eût été peut-être incapable d'éprouver pour
un prince, et maintenant ils causaient comme
de vieux amis.

Mme Fremer présidait aux conversations
avec une satisfaction visible causée par le sentiment de la haute mission qu'elle accomplis-
sait. Habituée à présenter les grands écrivains
aux duchesses, elle semblait, à ses propres
yeux, une sorte de ministre des Affaires étran-
gères tout-puissant et qui même dans le pro-
tocole portait un esprit souverain. Ainsi un
spectateur qui digère au théâtre voit au-des-
sous de lui puisqu'il les juge, artistes, public,
auteur, règles de l'art dramatique, génie. La
conversation allait d'ailleurs d'une allure
assez harmonieuse. On en était arrivé à ce

moment des dîners où les voisins touchent le genou des voisines ou les interrogent sur leurs préférences littéraires selon les tempéraments et l'éducation, selon la voisine surtout. Un instant, un accroc parut inévitable. Le beau voisin d'Honoré ayant essayé avec l'imprudence de la jeunesse d'insinuer que dans l'œuvre de Heredia il y avait peut-être plus de pensée qu'on ne le disait généralement, les convives troublés dans leurs habitudes d'esprit prirent un air morose. Mais Mme Fremer s'étant aussitôt écriée : « Au contraire, ce ne sont que d'admirables camées, des émaux somptueux, des orfèvreries sans défaut », l'entrain et la satisfaction reparurent sur tous les visages. Une discussion sur les anarchistes fut plus grave. Mais Mme Fremer, comme s'inclinant avec résignation devant la fatalité d'une loi naturelle, dit lentement : « À quoi bon tout cela ? il y aura toujours des riches et des pauvres. » Et tous ces gens dont le plus pauvre avait au moins cent mille livres de rente, frappés de cette vérité, délivrés de leurs scrupules, vidèrent avec une allégresse cordiale leur dernière coupe de vin de Champagne.

II

APRÈS DÎNER

Honoré, sentant que le mélange des vins lui avait un peu tourné la tête, partit sans dire adieu, prit en bas son pardessus et commença à descendre à pied les Champs-Élysées. Il se sentait une joie extrême. Les barrières d'impossibilité qui ferment à nos désirs et à nos rêves le champ de la réalité étaient rompues et sa pensée circulait joyeusement à travers l'irréalisable en s'exaltant de son propre mouvement.

Les mystérieuses avenues qu'il y a entre chaque être humain et au fond desquelles se couche peut-être chaque soir un soleil insoupçonné de joie ou de désolation l'attiraient. Chaque personne à qui il pensait lui devenait aussitôt irrésistiblement sympathique, il prit tour à tour les rues où il pouvait espérer de rencontrer chacune, et si ses prévisions s'étaient réalisées, il eût abordé l'inconnu ou l'indifférent sans peur, avec un tressaillement doux. Par la chute d'un décor planté trop près, la vie s'étendait au loin de-

vant lui dans tout le charme de sa nouveauté
et de son mystère, en paysages amis qui l'invi-
taient. Et le regret que ce fût le mirage ou la
réalité d'un seul soir le désespérait, il ne ferait plus jamais rien d'autre que de dîner et
de boire aussi bien, pour revoir d'aussi belles
choses. Il souffrait seulement de ne pouvoir
atteindre immédiatement tous les sites qui
étaient disposés çà et là dans l'infini de sa
perspective, loin de lui. Alors il fut frappé du
bruit de sa voix un peu grossie et exagérée
qui répétait depuis un quart d'heure : « La
vie est triste, c'est idiot » (ce dernier mot
était souligné d'un geste sec du bras droit et
il remarqua le brusque mouvement de sa
canne). Il se dit avec tristesse que ces paroles
machinales étaient une bien banale traduc-
tion de pareilles visions qui, pensa-t-il, n'étaient
peut-être pas exprimables.

« Hélas ! sans doute l'intensité de mon plaisir ou de mon regret est seule centuplée,
mais le contenu intellectuel en reste le même.
Mon bonheur est nerveux, personnel, intra-
duisible à d'autres, et si j'écrivais en ce moment, mon style aurait les mêmes qualités, les
mêmes défauts, hélas ! la même médiocrité
que d'habitude. » Mais le bien-être physique
qu'il éprouvait le garda d'y penser plus long-

temps et lui donna immédiatement la conso-
lation suprême, l'oubli. Il était arrivé sur les
boulevards. Des gens passaient, à qui il donnait sa sympathie, certain de la réciprocité. Il
se sentait leur glorieux point de mire ; il ouvrit
son paletot pour qu'on vît la blancheur de
son habit, qui lui seyait, et l'œillet rouge som-
bre de sa boutonnière. Tel il s'offrait à l'admiration des passants, à la tendresse dont il
était avec eux en voluptueux commerce.

La fin de la jalousie

I

« Donne-nous les biens, soit que nous les demandions, soit que nous ne les demandions pas, et éloigne de nous les maux quand même nous te les demanderions. » — « Cette prière me paraît belle et sûre. Si tu y trouves quelque chose à reprendre, ne le cache pas. »

PLATON

« Mon petit arbre, mon petit âne, ma mère, mon frère, mon pays, mon petit Dieu, mon petit étranger, mon petit lotus, mon petit coquillage, mon chéri, ma petite plante, va-t'en, laisse-moi m'habiller et je te retrouverai rue de la Baume à huit heures. Je t'en prie, n'arrive pas après huit heures et quart, parce que j'ai très faim. »

Elle voulut fermer la porte de sa chambre sur Honoré, mais il lui dit encore : « Cou ! » et elle tendit aussitôt son cou avec une docilité, un empressement exagérés qui le firent éclater de rire :

« Quand même tu ne voudrais pas, lui dit-il, il y a entre ton cou et ma bouche, entre tes oreilles et mes moustaches, entre tes mains et mes mains des petites amitiés particulières. Je suis sûr qu'elles ne finiraient pas si nous ne nous aimions plus, pas plus que, depuis que je suis brouillé avec ma cousine Paule, je ne peux empêcher mon valet de pied d'aller tous les soirs causer avec sa femme de chambre. C'est d'elle-même et sans mon assentiment que ma bouche va vers ton cou. »

Ils étaient maintenant à un pas l'un de l'autre. Tout à coup leurs regards s'aperçurent et chacun essaya de fixer dans les yeux de l'autre la pensée qu'ils s'aimaient ; elle resta une seconde ainsi, debout, puis tomba sur une chaise en étouffant, comme si elle avait couru. Et ils se dirent presque en même temps avec une exaltation sérieuse, en prononçant fortement avec les lèvres, comme pour embrasser :

« Mon amour ! »

Elle répéta d'un ton maussade et triste, en secouant la tête :

« Oui, mon amour. »

Elle savait qu'il ne pouvait pas résister à ce petit mouvement de tête, il se jeta sur elle en l'embrassant et lui dit lentement : « Méchante ! » et si tendrement, que ses yeux à elle se mouillèrent.

Sept heures et demie sonnèrent. Il partit.

En rentrant chez lui, Honoré se répétait à lui-même : « Ma mère, mon frère, mon pays, — il s'arrêta, — oui, mon pays !... mon petit coquillage, mon petit arbre », et il ne put s'empêcher de rire en prononçant ces mots qu'ils s'étaient si vite faits à leur usage, ces petits mots qui peuvent sembler vides et qu'ils emplissaient d'un sens infini. Se confiant sans y penser au génie inventif et fécond de leur amour, ils s'étaient vu peu à peu doter par lui d'une langue à eux, comme pour un peuple, d'armes, de jeux et de lois.

Tout en s'habillant pour aller dîner, sa pensée était suspendue sans effort au moment où il allait la revoir comme un gymnaste touche déjà le trapèze encore éloigné vers lequel il vole, ou comme une phrase musicale semble atteindre l'accord qui la résoudra et la rapproche de lui, de toute la distance qui l'en sépare, par la force même du désir qui la promet et l'appelle. C'est ainsi qu'Honoré traversait rapidement la vie depuis un an, se hâtant dès le matin vers l'heure de l'après-midi où il la verrait. Et ses journées en réalité n'étaient pas composées de douze ou quatorze heures différentes, mais de quatre ou cinq demi-heures, de leur attente et de leur souvenir.

Honoré était arrivé depuis quelques minutes chez la princesse d'Alériouvre, quand Mme Seaune entra. Elle dit bonjour à la maîtresse de la maison et aux différents invités et parut moins dire bonsoir à Honoré que lui prendre la main comme elle aurait pu le faire au milieu d'une conversation. Si leur liaison eût été connue, on aurait pu croire qu'ils étaient venus ensemble, et qu'elle avait attendu quelques instants à la porte pour ne pas entrer en même temps que lui. Mais ils auraient pu ne pas se voir pendant deux jours (ce qui depuis un an ne leur était pas encore arrivé une fois) et ne pas éprouver cette joyeuse surprise de se retrouver qui est au fond de tout bonjour amical, car, ne pouvant rester cinq minutes sans penser l'un à l'autre, ils ne pouvaient jamais se rencontrer, ne se quittant jamais.

Pendant le dîner, chaque fois qu'ils se parlaient, leurs manières passaient en vivacité et
en douceur celles d'une amie et d'un ami,
mais étaient empreintes d'un respect majestueux et naturel que ne connaissent pas les
amants. Ils apparaissaient ainsi semblables à
ces dieux que la fable rapporte avoir habité
sous des déguisements parmi les hommes, ou
comme deux anges dont la familiarité frater-
nelle exalte la joie, mais ne diminue pas le
respect que leur inspire la noblesse com-
mune de leur origine et de leur sang mystérieux. En même temps qu'il éprouvait la
puissance des iris et des roses qui régnaient
languissamment sur la table, l'air se pénétrait
peu à peu du parfum de cette tendresse
qu'Honoré et Françoise exhalaient naturellement. À certains moments, il paraissait em-
baumer avec une violence plus délicieuse
encore que son habituelle douceur, violence
que la nature ne leur avait pas permis de mo-
dérer plus qu'à l'héliotrope au soleil, ou,
sous la pluie, aux lilas en fleurs.

C'est ainsi que leur tendresse n'étant pas
secrète était d'autant plus mystérieuse. Chacun pouvait en approcher comme des brace-
lets impénétrables et sans défense aux poignets
d'une amoureuse, qui portent écrits en carac-

tères inconnus et visibles le nom qui la fait vivre ou qui la fait mourir, et qui semblent en offrir sans cesse le sens aux yeux curieux et déçus qui ne peuvent pas le saisir.

« Combien de temps l'aimerai-je encore ? » se disait Honoré en se levant de table. Il se rappelait combien de passions qu'à leur naissance il avait crues immortelles avaient peu duré et la certitude que celle-ci finirait un jour assombrissait sa tendresse.

Alors il se rappela que, le matin même, pendant qu'il était à la messe, au moment où le prêtre lisant l'Évangile disait : « Jésus étendant la main leur dit : Cette créature-là est mon frère, elle est aussi ma mère et tous ceux de ma famille », il avait un instant tendu à Dieu toute son âme, en tremblant, mais bien haut, comme une palme, et avait prié : « Mon Dieu ! mon Dieu ! faites-moi la grâce de l'aimer toujours. Mon Dieu, c'est la seule grâce que je vous demande, faites, mon Dieu, qui le pouvez, que je l'aime toujours ! »

Maintenant, dans une de ces heures toutes physiques où l'âme s'efface en nous derrière l'estomac qui digère, la peau qui jouit d'une ablution récente et d'un linge fin, la bouche qui fume, l'œil qui se repaît d'épaules nues et de lumières, il répétait plus mollement sa

prière, doutant d'un miracle qui viendrait dé-
ranger la loi psychologique de son incons-
tance aussi impossible à rompre que les lois
physiques de la pesanteur ou de la mort.

Elle vit ses yeux préoccupés, se leva, et, passant près de lui qui ne l'avait pas vue, comme
ils étaient assez loin des autres, elle lui dit
avec ce ton traînard, pleurard, ce ton de petit
enfant qui le faisait toujours rire, et comme
s'il venait de lui parler :

« Quoi ? »

Il se mit à rire et lui dit :

« Ne dis pas un mot de plus, ou je t'embrasse, tu entends, je t'embrasse devant tout
le monde ! »

Elle rit d'abord, puis reprenant son petit air
triste et mécontent pour l'amuser, elle dit :

« Oui, oui, c'est très bien, tu ne pensais pas
du tout à moi ! »

Et lui, la regardant en riant, répondit :

« Comme tu sais très bien mentir ! » et, avec
douceur, il ajouta : « Méchante ! méchante ! »

Elle le quitta et alla causer avec les autres.
Honoré songeait : « Je tâcherai, quand je sentirai mon cœur se détacher d'elle, de le retenir
si doucement, qu'elle ne le sentira même pas.
Je serai toujours aussi tendre, aussi respectueux. Je lui cacherai le nouvel amour qui aura

remplacé dans mon cœur mon amour pour elle aussi soigneusement que je lui cache aujourd'hui les plaisirs que, seul, mon corps goûte çà et là en dehors d'elle. » (Il jeta les yeux du côté de la princesse d'Alériouvre.) Et de son côté, il la laisserait peu à peu fixer sa vie ailleurs, par d'autres attachements. Il ne serait pas jaloux, désignerait lui-même ceux qui lui paraîtraient pouvoir lui offrir un hommage plus décent ou plus glorieux. Plus il imaginait en Françoise une autre femme qu'il n'aimerait pas, mais dont il goûterait savamment tous les charmes spirituels, plus le partage lui paraissait noble et facile. Les mots d'amitié tolérante et douce, de belle charité à faire aux plus dignes avec ce qu'on possède de meilleur, venaient affluer mollement à ses lèvres détendues.

À cet instant, Françoise ayant vu qu'il était dix heures, dit bonsoir et partit. Honoré l'accompagna jusqu'à sa voiture, l'embrassa imprudemment dans la nuit et rentra.

Trois heures plus tard, Honoré rentrait à pied avec M. de Buivres, dont on avait fêté ce soir-là le retour du Tonkin[1]. Honoré l'inter-

---

1. Les opérations militaires au Tonkin, dirigées contre la Chine et l'Annam à partir de 1883, cessèrent le 4 avril 1885, après la signature des préliminaires de paix. En 1887, le Tonkin fut intégré dans l'Union indochinoise.

rogeait sur la princesse d'Alériouvre qui, restée veuve à peu près à la même époque, était bien plus belle que Françoise. Honoré, sans en être amoureux, aurait eu grand plaisir à la posséder s'il avait été certain de le pouvoir sans que Françoise le sût et en éprouvât du chagrin.

« On ne sait trop rien sur elle, dit M. de Buivres, ou du moins on ne savait trop rien quand je suis parti, car depuis que je suis revenu, je n'ai revu personne.

— En somme, il n'y avait rien de très facile ce soir, conclut Honoré.

— Non, pas grand-chose », répondit M. de Buivres ; et comme Honoré était arrivé à sa porte, la conversation allait se terminer là, quand M. de Buivres ajouta :

« Excepté Mme Seaune à qui vous avez dû être présenté, puisque vous étiez du dîner. Si vous en avez envie, c'est très facile. Mais à moi, elle ne me dirait pas ça !

— Mais je n'ai jamais entendu dire ce que vous dites, dit Honoré.

— Vous êtes jeune, répondit Buivres, et tenez, il y avait ce soir quelqu'un qui se l'est fortement payée, je crois que c'est incontestable, c'est ce petit François de Gouvres. Il dit qu'elle a un tempérament ! Mais il paraît qu'elle n'est pas bien faite. Il n'a pas voulu continuer. Je parie que pas plus tard qu'en ce moment elle fait la noce quelque part. Avez-vous remarqué comme elle quitte toujours le monde de bonne heure ?

— Elle habite pourtant, depuis qu'elle est veuve, dans la même maison que son frère, et elle ne se risquerait pas à ce que le concierge raconte qu'elle rentre dans la nuit.

— Mais, mon petit, de dix heures à une heure du matin on a le temps de faire bien des choses ! Et puis est-ce qu'on sait ? Mais une heure, il les est bientôt, il faut vous laisser vous coucher. »

Il tira lui-même la sonnette ; au bout d'un instant, la porte s'ouvrit ; Buivres tendit la main à Honoré, qui lui dit adieu machinalement, entra, se sentit en même temps pris du besoin fou de ressortir, mais la porte s'était lourdement refermée sur lui, et excepté son bougeoir qui l'attendait en brûlant avec impatience au pied de l'escalier, il n'y avait plus aucune lumière. Il n'osa pas réveiller le concierge pour se faire ouvrir et monta chez lui.

II

« Nos actes sont nos bons et nos
mauvais anges, les ombres fatales qui
marchent à nos côtés. »

BEAUMONT ET FLETCHER

La vie avait bien changé pour Honoré depuis le jour où M. de Buivres lui avait tenu,
entre tant d'autres, des propos — semblables
à ceux qu'Honoré lui-même avait écoutés ou
prononcés tant de fois avec indifférence, —
mais qu'il ne cessait plus le jour quand il était
seul, et toute la nuit, d'entendre. Il avait tout
de suite posé quelques questions à Françoise,
qui l'aimait trop et souffrait trop de son chagrin pour songer à s'offenser ; elle lui avait
juré qu'elle ne l'avait jamais trompé et
qu'elle ne le tromperait jamais.

Quand il était près d'elle, quand il tenait
ses petites mains à qui il disait, répétant les
vers de Verlaine :

Belles petites mains qui fermerez mes yeux,

quand il l'entendait lui dire : « Mon frère,
mon pays, mon bien-aimé », et que sa voix se

prolongeait indéfiniment dans son cœur avec la douceur natale des cloches, il la croyait ; et s'il ne se sentait plus heureux comme autrefois, au moins il ne lui semblait pas impossible que son cœur convalescent retrouvât un jour le bonheur. Mais quand il était loin de Françoise, quelquefois aussi quand, étant près d'elle, il voyait ses yeux briller de feux qu'il s'imaginait aussitôt allumés autrefois, — qui sait, peut-être hier comme ils le seraient demain, — allumés par un autre ; quand, venant de céder au désir tout physique d'une autre femme, et se rappelant combien de fois il y avait cédé et avait pu mentir à Françoise sans cesser de l'aimer, il ne trouvait plus absurde de supposer qu'elle aussi lui mentait, qu'il n'était même pas nécessaire pour lui mentir de ne pas l'aimer, et qu'avant de le connaître elle s'était jetée sur d'autres avec cette ardeur qui le brûlait maintenant, — et lui paraissait plus terrible que l'ardeur qu'il lui inspirait, à elle, ne lui paraissait douce, parce qu'il la voyait avec l'imagination qui grandit tout.

Alors, il essaya de lui dire qu'il l'avait trompée ; il l'essaya non par vengeance ou besoin de la faire souffrir comme lui, mais pour qu'en retour elle lui dît aussi la vérité, surtout pour ne plus sentir le mensonge habiter en lui, pour expier les fautes de sa sensualité, puisque, pour créer un objet à sa jalousie, il lui semblait par moments que c'était son propre mensonge et sa propre sensualité qu'il projetait en Françoise.

C'était un soir, en se promenant avenue des Champs-Élysées, qu'il essaya de lui dire qu'il l'avait trompée. Il fut effrayé en la voyant pâlir, tomber sans forces sur un banc, mais bien plus quand elle repoussa sans colère, mais avec douceur, dans un abattement sincère et désolé, la main qu'il approchait d'elle. Pendant deux jours, il crut qu'il l'avait perdue ou plutôt qu'il l'avait retrouvée. Mais cette preuve involontaire, éclatante et triste qu'elle venait de lui donner de son amour, ne suffisait pas à Honoré. Eût-il acquis la certitude impossible qu'elle n'avait jamais été qu'à lui, la souffrance inconnue que son cœur avait apprise le soir où M. de Buivres l'avait reconduit jusqu'à sa porte, non pas une souffrance pareille, ou le souvenir de cette souffrance, mais cette souffrance même n'aurait pas cessé de lui faire mal quand même on lui eût démontré qu'elle était sans raison. Ainsi nous tremblons encore à notre réveil au souvenir de l'assassin que nous avons déjà reconnu pour l'illusion d'un rêve ; ainsi les amputés souffrent toute leur vie dans la jambe qu'ils n'ont plus.

En vain, le jour il avait marché, s'était fatigué à cheval, en bicyclette, aux armes, en vain il avait rencontré Françoise, l'avait ramenée chez elle, et, le soir, avait recueilli dans ses mains, à son front, sur ses yeux, la confiance, la paix, une douceur de miel, pour revenir chez lui encore calmé et riche de l'odorante provision, à peine était-il rentré qu'il commençait à s'inquiéter, se mettait vite dans son lit pour s'endormir avant que fût altéré son bonheur qui, couché avec précaution dans tout le baume de cette tendresse récente et fraîche encore d'à peine une heure, parviendrait à travers la nuit, jusqu'au lendemain, intact et glorieux comme un prince d'Égypte ; mais il sentait que les paroles de Buivres, ou telle des innombrables images qu'il s'était formées depuis, allait apparaître à sa pensée et qu'alors ce serait fini de dormir. Elle n'était pas encore apparue, cette image, mais il la sentait là toute prête et se raidissant contre elle, il rallumait sa bougie, lisait, s'efforçait, avec le sens des phrases qu'il lisait, d'emplir sans trêve et sans y laisser de vide son cerveau pour que l'affreuse image n'ait pas un moment ou un rien de place pour s'y glisser.

Mais tout à coup, il la trouvait là qui était entrée, et il ne pouvait plus la faire sortir maintenant ; la porte de son attention qu'il maintenait de toutes ses forces à s'épuiser avait été ouverte par surprise ; elle s'était refermée, et il allait passer toute la nuit avec cette horrible compagne. Alors c'était sûr, c'était fini, cette nuit-ci comme les autres il ne pourrait pas dormir une minute ; eh bien, il allait à la bouteille de bromidia, en buvait trois cuillerées, et certain maintenant qu'il allait dormir, effrayé même de penser qu'il ne pourrait plus faire autrement que de dormir, quoi qu'il advînt, il se remettait à penser à Françoise avec effroi, avec désespoir, avec haine. Il voulait, profitant de ce qu'on ignorait sa liaison avec elle, faire des paris sur sa vertu avec des hommes, les lancer sur elle, voir si elle céderait, tâcher de découvrir quelque chose, de savoir tout, se cacher dans une chambre (il se rappelait l'avoir fait pour s'amuser étant plus jeune) et tout voir. Il ne broncherait pas d'abord pour les autres, puisqu'il l'aurait demandé avec l'air de plaisanter, — sans cela quel scandale ! quelle colère ! — mais surtout à cause d'elle, pour voir si le lendemain quand il lui demanderait : « Tu ne m'as jamais trompé ? » elle lui répondrait : « Jamais », avec ce même air aimant. Peut-être elle avouerait tout, et de fait n'aurait succombé que sous ses artifices. Et alors ç'aurait été l'opération salutaire après laquelle son amour serait guéri de la maladie qui le tuait, lui, comme la maladie d'un parasite tue l'arbre (il n'avait qu'à se regarder dans la glace éclairée faiblement par sa bougie nocturne pour en être sûr). Mais, non, car l'image reviendrait toujours, combien plus forte que celles de son imagination et avec quelle puissance d'assènement incalculable sur sa pauvre tête, il n'essayait même pas de le concevoir.

Alors, tout à coup, il songeait à elle, à sa douceur, à sa tendresse, à sa pureté et voulait pleurer de l'outrage qu'une seconde il avait songé à lui faire subir. Rien que l'idée de proposer cela à des camarades de fête !

Bientôt il sentait le frisson général, la défaillance qui précède de quelques minutes le sommeil par le bromidia. Tout d'un coup n'apercevant rien, aucun rêve, aucune sensation, entre sa dernière pensée et celle-ci, il se disait : « Comment, je n'ai pas encore dormi ? » Mais en voyant qu'il faisait grand jour, il comprenait que pendant plus de six heures, le sommeil du bromidia l'avait possédé sans qu'il le goûtât.

Il attendait que ses élancements à la tête fussent un peu calmés, puis se levait et essayait en vain par l'eau froide et la marche de ramener quelques couleurs, pour que Françoise ne le trouvât pas trop laid, sur sa figure pâle, sous ses yeux tirés. En sortant de chez lui, il allait à l'église, et là, courbé et las, de toutes les dernières forces désespérées de son corps fléchi qui voulait se relever et rajeunir, de son cœur malade et vieillissant qui voulait guérir, de son esprit, sans trêve harcelé et haletant et qui voulait la paix, il priait Dieu, Dieu à qui, il y a deux mois à peine, il demandait de lui faire la grâce d'aimer toujours Françoise, il priait Dieu maintenant avec la même force, toujours avec la force de cet amour qui jadis, sûr de mourir, demandait à vivre, et qui maintenant, effrayé de vivre, implorait de mourir, le priait de lui faire la grâce de ne plus aimer Françoise, de ne plus l'aimer trop longtemps, de ne pas l'aimer toujours, de faire qu'il puisse enfin l'imaginer dans les bras d'un autre sans souffrir, puisqu'il ne pouvait plus se l'imaginer que dans les bras d'un autre. Et peut-être il ne se l'imaginerait plus ainsi quand il pourrait l'imaginer sans souffrance.

Alors il se rappelait combien il avait craint

de ne pas l'aimer toujours, combien il gravait alors dans son souvenir pour que rien ne pût les effacer, ses joues toujours tendues à ses lèvres, son front, ses petites mains, ses yeux graves, ses traits adorés. Et soudain, les apercevant réveillés de leur calme si doux par le désir d'un autre, il voulait n'y plus penser et ne revoyait que plus obstinément ses joues tendues, son front, ses petites mains — oh ! ses petites mains, elles aussi ! — ses yeux graves, ses traits détestés.

À partir de ce jour, s'effrayant d'abord lui-même d'entrer dans une telle voie, il ne quitta plus Françoise, épiant sa vie, l'accompagnant dans ses visites, la suivant dans ses courses, attendant une heure à la porte des magasins. S'il avait pu penser qu'il l'empêchait ainsi matériellement de le tromper, il y aurait sans doute renoncé, craignant qu'elle ne le prît en horreur ; mais elle le laissait faire avec tant de joie de le sentir toujours près d'elle, que cette joie le gagna peu à peu, et lentement le remplissait d'une confiance, d'une certitude qu'aucune preuve matérielle n'aurait pu lui donner, comme ces hallucinés que l'on parvient quelquefois à guérir en leur faisant toucher de la main le fauteuil, la personne vivante qui occupent la place où ils croyaient voir un fantôme et en faisant ainsi chasser le fantôme du monde réel par la réalité même qui ne lui laisse plus de place.

Honoré s'efforçait ainsi, en éclairant et en remplissant dans son esprit d'occupations certaines toutes les journées de Françoise, de supprimer ces vides et ces ombres où venaient s'embusquer les mauvais esprits de la jalousie et du doute qui l'assaillaient tous les soirs. Il recommença à dormir, ses souffrances étaient plus rares, plus courtes, et si alors il l'appelait, quelques instants de sa présence le calmaient pour toute une nuit.

III

> « Nous devons nous confier à l'âme jusqu'à la fin ; car des choses aussi belles et aussi magnétiques que les relations de l'amour ne peuvent être supplantées et remplacées que par des choses plus belles et d'un degré plus élevé. »
>
> EMERSON

Le salon de Mme Seaune, née princesse de Galaise-Orlandes, dont nous avons parlé dans

la première partie de ce récit sous son pré-
nom de Françoise, est encore aujourd'hui un
des salons les plus recherchés de Paris. Dans
une société où un titre de duchesse l'aurait
confondue avec tant d'autres, son nom bour-
geois se distingue comme une mouche dans
un visage, et en échange du titre perdu par son
mariage avec M. Seaune, elle a acquis ce pres-
tige d'avoir volontairement renoncé à une
gloire qui élève si haut, pour une imagination
bien née, les paons blancs, les cygnes noirs, les
violettes blanches et les reines en captivité.

Mme Seaune a beaucoup reçu cette année
et l'année dernière, mais son salon a été fermé
pendant les trois années précédentes, c'est-à-
dire celles qui ont suivi la mort d'Honoré de
Tenvres.

Les amis d'Honoré qui se réjouissaient de
le voir peu à peu retrouver sa belle mine et sa
gaieté d'autrefois, le rencontraient maintenant
à toute heure avec Mme Seaune et attribuaient
son relèvement à cette liaison qu'ils croyaient
toute récente.

C'est deux mois à peine après le rétablisse-
ment complet d'Honoré que survint l'accident de l'avenue du Bois-de-Boulogne, dans
lequel il eut les deux jambes cassées sous un
cheval emporté.

L'accident eut lieu le premier mardi de mai ; la péritonite se déclara le dimanche. Honoré reçut les sacrements le lundi et fut emporté ce même lundi à six heures du soir. Mais du mardi, jour de l'accident, au dimanche soir, il fut le seul à croire qu'il était perdu.

Le mardi, vers six heures, après les premiers pansements faits, il demanda à rester seul, mais qu'on lui montât les cartes des personnes qui étaient déjà venues savoir de ses nouvelles.

Le matin même, il y avait au plus huit heures de cela, il avait descendu à pied l'avenue du Bois-de-Boulogne. Il avait respiré tour à tour et exhalé dans l'air mêlé de brise et de soleil, il avait reconnu au fond des yeux des femmes qui suivaient avec admiration sa beauté rapide, un instant perdu au détour même de sa capricieuse gaieté, puis rattrapé sans effort et dépassé bien vite entre les chevaux au galop et fumants, goûté dans la fraîcheur de sa bouche affamée et arrosée par l'air doux, la même joie profonde qui embellissait ce matin-là la vie, du soleil, de l'ombre, du ciel, des pierres, du vent d'est et des arbres, des arbres aussi majestueux que des hommes debout, aussi reposés que des femmes endormies dans leur étincelante immobilité.

À un moment, il avait regardé l'heure, était revenu sur ses pas et alors... alors cela était arrivé. En une seconde, le cheval qu'il n'avait pas vu lui avait cassé les deux jambes. Cette seconde-là ne lui apparaissait pas du tout comme ayant dû être nécessairement telle. À cette même seconde il aurait pu être un peu plus loin, ou un peu moins loin, ou le cheval aurait pu être détourné, ou, s'il y avait eu de la pluie, il serait rentré plus tôt chez lui, ou, s'il n'avait pas regardé l'heure, il ne serait pas revenu sur ses pas et aurait poursuivi jusqu'à la cascade. Mais pourtant cela qui aurait si bien pu ne pas être qu'il pouvait feindre un instant que cela n'était qu'un rêve, cela était une chose réelle, cela faisait maintenant partie de sa vie, sans que toute sa volonté y pût rien changer. Il avait les deux jambes cassées et le ventre meurtri. Oh ! l'accident en lui-même n'était pas si extraordinaire ; il se rappelait qu'il n'y avait pas huit jours, pendant un dîner chez le docteur S..., on avait parlé de C..., qui avait été blessé de la même manière par un cheval emporté. Le docteur, comme on demandait de ses nouvelles, avait dit : « Son affaire est mauvaise. » Honoré avait insisté, questionné sur la blessure, et le docteur avait répondu d'un air important, pédantesque et mélancolique : « Mais ce n'est pas seulement la blessure ; c'est tout un ensemble ; ses fils lui donnent de l'ennui ; il n'a plus la situation qu'il avait autrefois ; les attaques des journaux lui ont porté un coup. Je voudrais me tromper, mais il est dans un fichu état. » Cela dit, comme le docteur se sentait au contraire, lui, dans un excellent état, mieux portant, plus intelligent et plus considéré que jamais, comme Honoré savait que Françoise l'aimait de plus en plus, que le monde avait accepté leur liaison et s'inclinait non moins devant leur bonheur que devant la grandeur du caractère de Françoise ; comme enfin, la femme du docteur S..., émue en se représentant la fin misérable et l'abandon de C..., défendait par hygiène à elle-même et à ses enfants aussi bien de penser à des événements tristes que d'assister à des enterrements, chacun répéta une dernière fois : « Ce pauvre C..., son affaire est mauvaise » en avalant une dernière coupe de vin de Champagne, et en sentant au plaisir qu'il éprouvait à la boire que « leur affaire » à eux était excellente.

Mais ce n'était plus du tout la même chose. Honoré maintenant se sentant submergé par la pensée de son malheur, comme il l'avait souvent été par la pensée du malheur des autres, ne pouvait plus comme alors reprendre pied en lui-même. Il sentait se dérober sous ses pas ce sol de la bonne santé sur lequel croissent nos plus hautes résolutions et nos joies les plus gracieuses, comme ont leurs racines dans la terre noire et mouillée les chênes et les violettes ; et il butait à chaque pas en lui-même. En parlant de C... à ce dîner auquel il repensait, le docteur avait dit : « Déjà avant l'accident et depuis les attaques des journaux, j'avais rencontré C..., je lui avais trouvé la mine jaune, les yeux creux, une sale tête ! » Et le docteur avait passé sa main d'une adresse et d'une beauté célèbres sur sa figure rose et pleine, au long de sa barbe fine et bien soignée et chacun avait imaginé avec plaisir sa propre bonne mine comme un propriétaire s'arrête à regarder avec satisfaction son locataire, jeune encore, paisible et riche. Maintenant Honoré se regardant dans la glace était effrayé de sa « mine jaune », de sa « sale tête ». Et aussitôt la pensée que le docteur dirait pour lui les mêmes mots que pour C..., avec la même indifférence, l'effraya. Ceux mêmes qui viendraient à lui pleins de pitié s'en détourneraient assez vite comme d'un objet dangereux pour eux ; ils finiraient par obéir aux protestations de leur bonne santé, de leur désir d'être heureux et de vivre. Alors sa pensée se reporta sur Françoise, et, courbant les épaules, baissant la tête malgré soi, comme si le commandement de Dieu avait été là, levé sur lui, il comprit avec une tristesse infinie et soumise qu'il fallait renoncer à elle. Il eut la sensation de l'humilité de son corps incliné dans sa faiblesse d'enfant, avec sa résignation de malade, sous ce chagrin immense, et il eut pitié de lui comme souvent, à toute la distance de sa vie entière, il s'était aperçu avec attendrissement tout petit enfant, et il eut envie de pleurer.

Il entendit frapper à la porte. On apportait les cartes qu'il avait demandées. Il savait bien qu'on viendrait chercher de ses nouvelles, car il n'ignorait pas que son accident était grave, mais tout de même, il n'avait pas cru qu'il y aurait tant de cartes, et il fut effrayé de voir que tant de gens étaient venus, qui le connaissaient si peu et qui ne se seraient dérangés que pour son mariage ou son enterrement. C'était un monceau de cartes et le concierge le portait avec précaution pour qu'il ne tombât pas du grand plateau, d'où elles débordaient. Mais tout d'un coup, quand il les eut toutes près de lui, ces cartes, le monceau

lui apparut une toute petite chose, ridicule-
ment petite vraiment, bien plus petite que la
chaise ou la cheminée. Et il fut plus effrayé
encore que ce fût si peu, et se sentit si seul,
que pour se distraire il se mit fiévreusement à
lire les noms ; une carte, deux cartes, trois
cartes, ah ! il tressaillit et de nouveau regarda :
« Comte François de Gouvres ». Il devait bien
pourtant s'attendre à ce que M. de Gouvres
vînt prendre de ses nouvelles, mais il y avait
longtemps qu'il n'avait pensé à lui, et tout de
suite la phrase de Buivres : « *Il y avait ce soir
quelqu'un qui a dû rudement se la payer, c'est François de Gouvres ; — il dit qu'elle a un tempérament !
mais il paraît qu'elle est affreusement faite, et il n'a
pas voulu continuer* », lui revint, et sentant toute
la souffrance ancienne qui du fond de sa conscience remontait en un instant à la surface, il
se dit : « Maintenant je me réjouis si je suis
perdu. Ne pas mourir, rester cloué là, et, pendant des années, tout le temps qu'elle ne sera
pas auprès de moi, une partie du jour, toute
la nuit, la voir chez un autre ! Et maintenant
ce ne serait plus par maladie que je la verrais
ainsi, ce serait sûr. Comment pourrait-elle
m'aimer encore ? un amputé ! » Tout d'un
coup il s'arrêta. « Et si je meurs, après moi ? »

Elle avait trente ans, il franchit d'un saut le temps plus ou moins long où elle se souviendrait, lui serait fidèle. Mais il viendrait un moment... « Il dit "*qu'elle a un tempérament...*" Je veux vivre, je veux vivre et je veux marcher, je veux la suivre partout, je veux être beau, je veux qu'elle m'aime ! »

À ce moment, il eut peur en entendant sa respiration qui sifflait, il avait mal au côté, sa poitrine semblait s'être rapprochée de son dos, il ne respirait pas comme il voulait, il essayait de reprendre haleine et ne pouvait pas. À chaque seconde il se sentait respirer et ne pas respirer assez. Le médecin vint. Honoré n'avait qu'une légère attaque d'asthme nerveux. Le médecin parti, il fut plus triste ; il aurait préféré que ce fût plus grave et être plaint. Car il sentait bien que si cela n'était pas grave, autre chose l'était et qu'il s'en allait. Maintenant il se rappelait toutes les souffrances physiques de sa vie, il se désolait ; jamais ceux qui l'aimaient le plus ne l'avaient plaint sous prétexte qu'il était nerveux. Dans les mois terribles qu'il avait passés après son retour avec Buivres, quand à sept heures il s'habillait après avoir marché toute la nuit, son frère qui se réveillait un quart d'heure les nuits qui suivent des dîners trop copieux lui disait :

« Tu t'écoutes trop ; moi aussi, il y a des nuits où je ne dors pas. Et puis, on croit qu'on ne dort pas, on dort toujours un peu. »

C'est vrai qu'il s'écoutait trop ; au fond de sa vie, il écoutait toujours la mort qui jamais ne l'avait laissé tout à fait et qui, sans détruire entièrement sa vie, la minait, tantôt ici, tantôt là. Maintenant son asthme augmentait, il ne pouvait pas reprendre haleine, toute sa poitrine faisait un effort douloureux pour respirer. Et il sentait le voile qui nous cache la vie, la mort qui est en nous, s'écarter et il apercevait l'effrayante chose que c'est de respirer, de vivre.

Puis, il se trouva reporté au moment où elle serait consolée, et alors, qui ce serait-il ? Et sa jalousie s'affola de l'incertitude de l'événement et de sa nécessité. Il aurait pu l'empêcher en vivant, il ne pouvait pas vivre et alors ? Elle dirait qu'elle entrerait au couvent, puis quand il serait mort se raviserait. Non ! il aimait mieux ne pas être deux fois trompé, savoir. — Qui ? — Gouvres, Alériouvre, Buivres, Breyves ? Il les aperçut tous et, en serrant ses dents contre ses dents, il sentit la révolte furieuse qui devait à ce moment indigner sa figure. Il se calma lui-même. Non, ce ne sera pas cela, pas un homme de plaisir, il

faut que cela soit un homme qui l'aime vraiment. Pourquoi est-ce que je ne veux pas que
ce soit un homme de plaisir ? Je suis fou de
me le demander, c'est si naturel. Parce que je
l'aime pour elle-même, que je veux qu'elle
soit heureuse. — Non, ce n'est pas cela, c'est
que je ne veux pas qu'on excite ses sens,
qu'on lui donne plus de plaisir que je ne lui
en ai donné, qu'on lui en donne du tout. Je
veux bien qu'on lui donne du bonheur, je
veux bien qu'on lui donne de l'amour, mais
je ne veux pas qu'on lui donne du plaisir. Je
suis jaloux du plaisir de l'autre, de son plaisir
à elle. Je ne serai pas jaloux de leur amour. Il
faut qu'elle se marie, qu'elle choisisse bien...
Ce sera triste tout de même.

Alors un de ses désirs de petit enfant lui revint, du petit enfant qu'il était quand il avait
sept ans et se couchait tous les soirs à huit
heures. Quand sa mère, au lieu de rester
jusqu'à minuit dans sa chambre qui était à
côté de celle d'Honoré, puis de s'y coucher,
devait sortir vers onze heures et jusque-là
s'habiller, il la suppliait de s'habiller avant
dîner et de partir n'importe où, ne pouvant
supporter l'idée, pendant qu'il essayait de
s'endormir, qu'on se préparait dans la maison pour une soirée, pour partir. Et pour lui

faire plaisir et le calmer, sa mère tout habillée et décolletée à huit heures venait lui dire bon-soir, et partait chez une amie attendre l'heure du bal. Ainsi seulement, dans ces jours si tris-tes pour lui où sa mère allait au bal, il pou-vait, chagrin, mais tranquille, s'endormir.

Maintenant la même prière qu'il faisait à sa mère, la même prière à Françoise lui montait aux lèvres. Il aurait voulu lui demander de se marier tout de suite, qu'elle fût prête, pour qu'il pût enfin s'endormir pour toujours, dé-solé, mais calme, et point inquiet de ce qui se passerait après qu'il se serait endormi.

Les jours qui suivirent, il essaya de parler à Françoise qui, comme le médecin lui-même, ne le croyait pas perdu et repoussa avec une énergie douce mais inflexible la proposition d'Honoré.

Ils avaient tellement l'habitude de se dire la vérité, que chacun disait même la vérité qui pouvait faire de la peine à l'autre, comme si tout au fond de chacun d'eux, de leur être nerveux et sensible dont il fallait ménager les susceptibilités, ils avaient senti la présence d'un Dieu, supérieur et indifférent à toutes ces précautions bonnes pour des enfants, et qui exigeait et devait la vérité. Et envers ce Dieu qui était au fond de Françoise, Honoré, et envers ce Dieu qui était au fond d'Honoré, Françoise, s'étaient toujours senti des devoirs devant qui cédaient le désir de ne pas se chagriner, de ne pas s'offenser, les mensonges les plus sincères de la tendresse et de la pitié.

Aussi quand Françoise dit à Honoré qu'il vivrait, il sentit bien qu'elle le croyait et se persuada peu à peu de le croire :

« Si je dois mourir, je ne serai plus jaloux quand je serai mort ; mais jusqu'à ce que je sois mort ? Tant que mon corps vivra, oui ! Mais puisque je ne suis jaloux que du plaisir, puisque c'est mon corps qui est jaloux, puisque ce dont je suis jaloux, ce n'est pas de son cœur, ce n'est pas de son bonheur, que je veux, par qui sera le plus capable de le faire ; quand mon corps s'effacera, quand l'âme l'emportera sur lui, quand je serai détaché peu à peu des choses matérielles comme un soir déjà quand j'ai été très malade, alors que je ne désirerai plus follement le corps et que j'aimerai d'autant plus l'âme, je ne serai plus jaloux. Alors véritablement j'aimerai. Je ne peux pas bien concevoir ce que ce sera, maintenant que mon corps est encore tout vivant et révolté, mais je peux l'imaginer un peu, par ces heures où ma main dans la main de Françoise, je trouvais dans une tendresse infi-

nie et sans désirs l'apaisement de mes souffrances et de ma jalousie. J'aurai bien du
chagrin en la quittant, mais de ce chagrin qui
autrefois me rapprochait encore de moi-
même, qu'un ange venait consoler en moi, ce
chagrin qui m'a révélé l'ami mystérieux des
jours de malheur, mon âme, ce chagrin calme,
grâce auquel je me sentirai plus beau pour
paraître devant Dieu, et non la maladie horrible qui m'a fait mal pendant si longtemps
sans élever mon cœur, comme un mal physique qui lancine, qui dégrade et qui diminue.
C'est avec mon corps, avec le désir de son
corps que j'en serai délivré. — Oui, mais jusque-là, que deviendrai-je ? plus faible, plus incapable d'y résister que jamais, abattu sur
mes deux jambes cassées, quand, voulant cou-
rir à elle pour voir qu'elle n'est pas où j'aurai
rêvé, je resterai là, sans pouvoir bouger, berné
par tous ceux qui pourront "*se la payer*" tant
qu'ils voudront à ma face d'infirme qu'ils ne
craindront plus. »

La nuit du dimanche au lundi, il rêva qu'il
étouffait, sentait un poids énorme sur sa poitrine. Il demandait grâce, n'avait plus la force
de déplacer tout ce poids, le sentiment que
tout cela était ainsi sur lui depuis très longtemps lui était inexplicable, il ne pouvait pas

le tolérer une seconde de plus, il suffoquait.
Tout d'un coup, il se sentit miraculeusement
allégé de tout ce fardeau qui s'éloignait, s'éloignait, l'ayant à jamais délivré. Et il se dit : « Je
suis mort ! »

Et, au-dessus de lui, il apercevait monter
tout ce qui avait si longtemps pesé ainsi sur lui
à l'étouffer ; il crut d'abord que c'était l'image
de Gouvres, puis seulement ses soupçons, puis
ses désirs, puis cette attente d'autrefois dès le
matin, criant vers le moment où il verrait Françoise, puis la pensée de Françoise. Cela prenait
à toute minute une autre forme, comme un
nuage, cela grandissait, grandissait sans cesse,
et maintenant il ne s'expliquait plus comment
cette chose qu'il comprenait être immense
comme le monde avait pu être sur lui, sur son
petit corps d'homme faible, sur son pauvre
cœur d'homme sans énergie et comment il
n'en avait pas été écrasé. Et il comprit aussi
qu'il en avait été écrasé et que c'était une vie
d'écrasé qu'il avait menée. Et cette immense
chose qui avait pesé sur sa poitrine de toute la
force du monde, il comprit que c'était son
amour.

Puis il se redit : « Vie d'écrasé ! » et il se rappela qu'au moment où le cheval l'avait ren-
versé, il s'était dit : « Je vais être écrasé », il se

rappela sa promenade, qu'il devait ce matin-
là aller déjeuner avec Françoise, et alors, par
ce détour, la pensée de son amour lui revint.
Et il se dit : « Est-ce mon amour qui pesait sur
moi ? Qu'est-ce que ce serait si ce n'était mon
amour ? Mon caractère, peut-être ? Moi ? ou
encore la vie ? » Puis il pensa : « Non, quand je
mourrai, je ne serai pas délivré de mon
amour, mais de mes désirs charnels, de mon
envie charnelle, de ma jalousie. » Alors il dit :
« Mon Dieu, faites venir cette heure, faites-la
venir vite, mon Dieu, que je connaisse le par-
fait amour. »

Le dimanche soir, la péritonite s'était dé-
clarée ; le lundi matin vers dix heures, il fut
pris de fièvre, voulait Françoise, l'appelait, les
yeux ardents : « Je veux que tes yeux brillent
aussi, je veux te faire plaisir comme je ne t'ai
jamais fait... je veux te faire... je t'en ferai
mal. » Puis soudain, il pâlissait de fureur. « Je
vois bien pourquoi tu ne veux pas, je sais
bien ce que tu t'es fait faire ce matin, et où et
par qui, et je sais qu'il voulait me faire chercher, me mettre derrière la porte pour que je
vous voie, sans pouvoir me jeter sur vous,
puisque je n'ai plus mes jambes, sans pouvoir
vous empêcher, parce que vous auriez eu encore plus de plaisir en me voyant là pendant ;

il sait si bien tout ce qu'il faut pour te faire plaisir, mais je le tuerai avant, avant je te tuerai, et encore avant je me tuerai. Vois ! je me suis tué ! » Et il retombait sans force sur l'oreiller.

Il se calma peu à peu et toujours cherchant avec qui elle pourrait se marier après sa mort, mais c'étaient toujours les images qu'il écartait, celle de François de Gouvres, celle de Buivres, celles qui le torturaient, qui revenaient toujours.

À midi, il avait reçu les sacrements. Le médecin avait dit qu'il ne passerait pas l'après-midi. Il perdait extrêmement vite ses forces, ne pouvait plus absorber de nourriture, n'entendait presque plus. Sa tête restait libre et sans rien dire, pour ne pas faire de peine à Françoise qu'il voyait accablée, il pensait à elle après qu'il ne serait plus rien, qu'il ne saurait plus rien d'elle, qu'elle ne pourrait plus l'aimer.

Les noms qu'il avait dits machinalement, le matin encore, de ceux qui la posséderaient peut-être, se remirent à défiler dans sa tête pendant que ses yeux suivaient une mouche qui s'approchait de son doigt comme si elle voulait le toucher, puis s'envolait et revenait sans le toucher pourtant ; et comme, ranimant son attention un moment endormie, revenait le nom de François de Gouvres, et il se dit qu'en effet peut-être qu'il la posséderait et en même temps il pensait : « Peut-être la mouche va-t-elle toucher le drap ? non, pas encore », alors se tirant brusquement de sa rêverie : « Comment ? l'une des deux choses ne me paraît pas plus importante que l'autre ! Gouvres possédera-t-il Françoise, la mouche touchera-t-elle le drap ? oh ! la possession de Françoise est un peu plus importante. » Mais l'exactitude avec laquelle il voyait la différence qui séparait ces deux événements lui montra qu'ils ne le touchaient pas beaucoup plus l'un que l'autre. Et il se dit : « Comment, cela m'est si égal ! Comme c'est triste. » Puis il s'aperçut qu'il ne disait « comme c'est triste » que par habitude et qu'ayant changé tout à fait, il n'était plus triste d'avoir changé. Un vague sourire desserra ses lèvres. « Voilà, se dit-il, mon pur amour pour Françoise. Je ne suis plus jaloux, c'est que je suis bien près de la mort ; mais qu'importe, puisque cela était nécessaire pour que j'éprouve enfin pour Françoise le véritable amour. »

Mais alors, levant les yeux, il aperçut Françoise, au milieu des domestiques, du docteur, de deux vieilles parentes, qui tous priaient là

près de lui. Et il s'aperçut que l'amour, pur
de tout égoïsme, de toute sensualité, qu'il voulait si doux, si vaste et si divin en lui, chéris-
sait les vieilles parentes, les domestiques, le
médecin lui-même, autant que Françoise, et
qu'ayant déjà pour elle l'amour de toutes les
créatures à qui son âme semblable à la leur
l'unissait maintenant, il n'avait plus d'autre
amour pour elle. Il ne pouvait même pas en
concevoir de la peine tant tout amour exclu-
sif d'elle, l'idée même d'une préférence pour
elle, était maintenant abolie.

En pleurs, au pied du lit, elle murmurait
les plus beaux mots d'autrefois : « Mon pays,
mon frère. » Mais lui, n'ayant ni le vouloir, ni
la force de la détromper, souriait et pensait
que son « pays » n'était plus en elle, mais dans
le ciel et sur toute la terre. Il répétait dans son
cœur : « Mes frères », et s'il la regardait plus
que les autres, c'était par pitié seulement,
pour le torrent de larmes qu'il voyait s'écou-
ler sous ses yeux, ses yeux qui se fermeraient
bientôt et déjà ne pleuraient plus. Mais il ne
l'aimait pas plus et pas autrement que le médecin, que les vieilles parentes, que les domestiques. Et c'était là la fin de sa jalousie.